Francis Frambach

L'AUBERGE DE LA RENAISSANCE

Chat Ailé

PROLOGUE

Septembre 1939.

Fi de la température, fi du bruissement des feuilles et de ce vent violent. Main dans la main, dans l'attente des déménageurs, ils restaient là, à regarder leur villa, leur « nid d'amour », comme ils se plaisaient à l'appeler. Un coup de cœur, non loin de Tilff, dans une rue tranquille, située à quinze kilomètres du centre de Liège : situation idéale pour les deux amoureux. L'achat venait d'être entériné, tout comme leur volonté de vivre ensemble. Au préalable, ce fut un débat difficile pour Alexandre, celui de convaincre une Jocelyne qui s'opposait, pour des raisons discutables ou pas, à un engagement aussi rapide. Son abnégation fut totale. Mais qu'importait, pour lui, le soleil brillait à travers les yeux de la femme qu'il aimait.

Leur histoire commença un 16 septembre, dans un de ces petits restaurants de la rue Roture, juste derrière les grilles, dans le fond à droite. Il était seul à une table lorsqu'elle entra. Le patron l'installa non loin de lui. Il lui sourit, elle lui rendit son sourire. Il se leva, se présenta et demanda s'il pouvait joindre sa solitude à la sienne. Sa réponse fut la suivante :

— Je n'y vois aucun inconvénient, mais sachez que je viens de France où je suis assistante de police et temporairement déléguée en région liégeoise pour informer les autorités belges des bienfaits de la femme dans les corps de police.

— Je sens que je vais m'engager ! plaisanta-t-il d'un ton taquin.

Une certaine décontraction s'installa, elle en profita pour lui apprendre qu'elle était née d'un père français et d'une mère belge. Que cela lui avait donné la possibilité de postuler pour le poste d'assistante à la direction générale de la police municipale et, ainsi, d'obtenir l'un des deux postes créés par cette même direction. Alexandre voulut conforter sa position, il signala que lui était journaliste pour un hebdomadaire de la capitale. Intérieurement, et sans savoir pourquoi, il pensa cette fois qu'il ne s'agirait pas d'une liaison sans lendemain, ni d'un attrait purement physique. Il sentait que, du partenaire volage, il allait se conduire en compagnon respectueux. Bien qu'intéressée, Jocelyne refoula au mieux son attirance pour ce beau garçon.

À la fin de la soirée, ils échangèrent leur carte et promirent de se revoir. Une fois, deux fois, trois fois, puis régulièrement. Jocelyne réfrénait ses sentiments. Un jour, au cours d'un dîner à l'ambiance feutrée et au cadre romantique, elle finit par succomber à son charme. Le repas léger, des vins appropriés et, en face d'elle, un homme séduisant, sachant à tout propos la faire rire : comment résister ? Six mois s'étaient écoulés depuis leur première rencontre. Elle pouvait, non, elle devait baisser sa garde. Aussi :

— Alexandre, je vais me repoudrer et, si tu le désires, je te propose de prendre un dernier verre dans mon appartement.

Elle se pencha, lui offrit sa bouche et s'éloigna en ondulant des hanches plus que de coutume. Cette manière d'être attisait son désir. Quant à Alexandre, la tension du moment le neutralisait. Le retour fut silencieux, juste quelques petits sourires. Mais, à peine la porte ouverte, ils ne virent ni le hall, ni le salon, rien, si ce n'est le grand lit blanc. Ils firent l'amour jusqu'à épuisement. Jocelyne se retrouva les cheveux en bataille, fatiguée, mais le visage heureux. Lui, malgré sa faim d'elle, marqua son lâcher-prise par un regard d'amour et un « je t'aime ».

La réalité les rattrapa. Un coup de klaxon, une vitre qui se baisse et une voix tonitruante :

— Alexandre ! Le patron a besoin de toi, il dit que c'est urgent !

— Juste un moment, j'arrive.

— Tu ne vas pas me laisser seule ? Les déménageurs seront là dans moins d'une heure ! S'inquiéta Jocelyne.

— Jocelyne, le directeur ne fait déplacer une voiture qu'en cas de véritable urgence. Je fais au plus vite. Je regrette sincèrement, mais il suffira de leur indiquer les endroits où tu veux poser les meubles. Quant à la mise en place définitive, nous la ferons ensemble. De toute façon, je pense être rentré avant leur départ.

— File, je saurai me débrouiller.

Il était à peine parti que le camion de déménagement s'arrêta devant la maison. Trois hommes de forte corpulence en descendirent. Le plus imposant des trois s'adressa à elle :

— Madame, vous nous guidez ?

Ainsi fut fait. À onze heures, le transporteur disparaissait au coin de la rue. Jocelyne, les bras ballants, assise sur une des caisses qui jonchaient le sol, regardait d'un œil circonspect le travail qui les attendait. À cet instant, une seule chose la préoccupait : le retour d'Alexandre. Malgré ce véritable chantier qui l'entourait, elle souriait en pensant à lui. Il possédait une telle joie de vivre que, quel que soit le moment, il avait le mot juste pour la faire rire ou lui remonter le moral. Notamment le soir, après avoir enquêté sur une affaire sordide — meurtre, viol, ou pire encore la mort d'un enfant —, elle aimait s'appuyer et s'épancher sur son épaule. Son chef, Marc-Antoine, qui après bien des pourparlers avait obtenu son intégration définitive dans son commissariat, lui avait donné congé pour ce jour mémorable. Il avait insisté sur le fait que seule une femme pouvait donner une âme à une maison. En pensant à tout ceci, elle soupira. Toujours pas d'Alexandre. Elle prit son courage à deux mains et commença à ouvrir les caisses. Quand, enfin :

— Ma chérie, je suis là ! Regarde ce que je tiens dans la main !

Il agitait deux billets pour la journée des essais libres, ainsi que deux entrées pour le grand prix de Francorchamps.

— Mais Alexandre, nous sommes en plein déménagement !

— Ne t'inquiète pas, avec un peu de bon vouloir, nous aurons monté la chambre avant la nuit. N'est-ce pas la pièce la plus importante ?

Contrainte de s'avouer vaincue, elle sourit et pour toute réprobation, lança :

— Et le petit déjeuner ? Où le prendrons-nous ?

Alexandre répondit, sans trop réfléchir :

— Croissants des *Blés d'or*, avec un café ou un thé, le tout servi au lit.

— J'accepte.

Vingt-trois heures tapantes, la chambre, en dehors de petits détails, pouvait les recevoir. Alexandre tâta le matelas, regarda Jocelyne et sourit :

— Tu n'y penses pas ? dit Jocelyne, faussement offusquée.

— Si…

— Non, non, non !

Son air de chien battu la fit tellement rire qu'elle le poussa sur le lit, grimpa sur lui et commença à le chatouiller aux endroits les plus sensibles. Il lui fallut tout un temps avant d'arriver à la retourner et ce qui devait arriver arriva. Vers une heure du matin, Jocelyne, fatiguée, mais heureuse :

— Tu as gagné, mais n'oublie pas ta promesse.

Le matin à la première heure, elle entendit Alexandre se lever. Sous les draps, elle sourit et enfonça plus profondément son visage dans l'oreiller. Lui se pencha, écarta légèrement ses cheveux et, délicatement, posa un baiser sur son front, puis lui chuchota :

— Dors, je reviens.

Une demi-heure plus tard, il entrait dans la chambre, un plateau à la main garni de croissants, de pains au chocolat, d'un thé et d'un café :

— Une promesse est une promesse. Princesse, le petit déjeuner est servi !

Elle se redressa, se colla contre lui et murmura :

— Si tu savais combien je t'aime…

Lui, toujours taquin et regardant le plateau :

— Je comprends, je comprends.

I

Certains regardaient le ciel, d'autres suivaient avec attention les bulletins météorologiques. Toute la nuit, la région, réputée pour être une cuvette, avait été bercée par des ondes de pluie. Les directeurs de course se posaient la même question : quid des pneus ? Huit heures sonnaient à l'église du village. Les essais commençaient à dix heures. La même décision fut prise par toutes les écuries : le montage des pneumatiques s'effectuerait au dernier moment.

Alexandre ne tenait plus en place. Jocelyne l'observait, elle commençait à le connaître, son homme. Dès que se dessinait la possibilité d'un beau reportage, il réagissait de la même manière : il tournait en rond, donnant l'image d'un poulain prêt à être lâché dans sa prairie. En somme, il piaffait !

— Alexandre, si tu partais maintenant ?

— Cela ne t'ennuie pas ?

— Non, au contraire, moi, la visite des paddocks ne m'intéresse pas outre mesure. En dehors de l'écurie belge et l'une ou l'autre que tu estimes devoir me montrer, je pense que tu seras plus libre sans moi pour préparer ton reportage.

Elle n'eut pas à le dire deux fois, il endossa son blouson et se tourna vers elle avec le plus grand des sourires :

— Je t'appelle dès que cela deviendra intéressant.

— Parfait, sauve-toi.

Pour lui, la journée s'annonçait des plus réussies. Il allait pouvoir à sa guise pénétrer dans l'intimité des équipes. Il reconnaissait avoir une compagne qui comprenait les besoins de sa profession et lui accordait une liberté… mesurée. Arrivé à l'entrée des paddocks, il présenta son invitation, ainsi que sa carte de presse. Ses deux sésames réunis lui ouvraient pratiquement toutes les portes. Il allait pouvoir approcher la plupart des bolides qui allaient s'affronter : BMW 328, ERA type E, Audi type D, Bugatti T57C et Mercedes W165. Du bonheur ! Seul un stand lui fut interdit. Deux hommes imposants à la mine patibulaire, vêtus de la même manière avec un imperméable noir et une croix gammée très apparente sur la manche, interdisaient toute visite. Au plus pouvait-on apercevoir trois engins recouverts d'une bâche aux couleurs de l'Allemagne. Un souffle de guerre planait sur ce grand prix. Alexandre n'insista pas et se dirigea vers l'unique stand belge. L'accueil y fut tout autre. Bernadette Belfond, la femme de Richard, premier pilote de l'écurie, supervisait l'entrée des visiteurs. Dès son approche, elle le reconnut et plaisanta :

— Notre ami et grand reporter vient nous honorer de sa présence ! Mais que nous vaut ce plaisir ?

Tout en l'embrassant amicalement, Alexandre répondit :

— Tout d'abord vous saluer, ton mari et toi ! Ensuite, avec ta permission, je voudrais, pour nos lecteurs, lever le voile sur les luttes internes des ingénieurs et techniciens entre les différentes écuries.

— Quand sort ton journal ?

— Demain, à la première heure.

— Bien, dans ce cas, sur notre groupe, quoi que tu constates, en dehors des résultats des essais, je te demanderais de n'écrire que des potins anodins. Je te fais entièrement confiance.

— Je suivrai à la lettre tes recommandations. Autre chose, mon amie viendra me rejoindre pour les essais et j'aimerais te la présenter.

— Ce sera avec grand plaisir, mais, à mon grand regret, je n'aurai pas beaucoup de temps à vous consacrer.

— Je comprends, mais te connaître et pouvoir approcher votre stand la comblera. Pour information, elle seconde son patron à la Criminelle.

— J'espère que nous n'aurons jamais recours à ses services ! Excuse-moi, je dois absolument te quitter. Mais tu es ici chez toi !

— Merci, je vais m'efforcer d'être le plus discret possible.

Alexandre commença par admirer les deux bolides, passa sa main sur l'une des carrosseries. « Plus douce que la peau d'une femme, mais… plus froide aussi ! » pensa-t-il, se souriant à lui-même. Les mécaniciens s'affairaient. L'heure n'était plus à la plaisanterie, mais à la concentration optimale. Il prit quelques notes et s'écarta pour faire signe à Jocelyne qu'il était temps de le rejoindre. Dès qu'elle fut près de lui, il l'entoura de ses bras et lui fit un topo rapide de ses entretiens. Jocelyne enchaîna :

— Si je résume tes commentaires, les voitures allemandes sont les plus rapides et les plus fiables ?

— Oui, seule la voiture de Richard Belfond devrait pouvoir leur tenir tête. Les essais seront très importants. La position sur la grille de départ est déterminée en fonction des résultats obtenus.

— Tu vas m'expliquer et me faire visiter les écuries les plus représentatives. J'aimerais, comme toi, m'imprégner de cette ambiance si particulière.

— Viens, nous commencerons par l'écurie belge et, par la même occasion, je te présenterai Bernadette, la femme de Richard, le premier pilote.

— Quelle est sa fonction au sein de l'équipe ?

— Elle dirige tout le staff, veille à conserver un esprit d'équipe et prend les décisions importantes.

— Très rare pour une femme !

— Oui, surtout dans ce milieu machiste.

À l'approche de l'écurie, ils furent interpellés par le second pilote, qui voyait d'un mauvais œil une présence étrangère alors que les essais n'allaient plus tarder à commencer. Bernadette intervint :

— Non Paul, tu les laisses entrer, ce sont des amis.

Elle vint immédiatement à leur rencontre. Alexandre lui présenta Jocelyne :

— Jocelyne, ma fiancée et bientôt ma femme.

Bernadette embrassa la nouvelle venue :

— Mes félicitations … avec Alexandre, vous avez tiré le bon numéro !

Jocelyne sourit :

— J'avoue, mais j'hésite encore.

Alexandre intervint :

— Pas moi ! Bernadette, je te sais très occupée, je te propose de nous revoir après les essais ? En attendant, si tu le permets, je tourne autour de votre bolide pour donner quelques explications à Jocelyne.

— Je vais demander à Paul de vous briefer.

Peu après, les essais commencèrent. Au fur et à mesure des passages, les temps allaient en s'améliorant. Enfin, l'écurie allemande dévoila ses bolides. Au grand dam des autres concurrents, tout y était : fluidité des lignes, moteurs époustouflants et pilotes aguerris. Seul Richard parvint à tirer son épingle du jeu. Sa maîtrise et la connaissance du circuit lui permirent de se glisser à la seconde place. La foule venait de comprendre qu'elle avait devant elle un grand champion. Richard regagna son stand sous les applaudissements. C'est à ce moment que Jocelyne comprit la raison d'un tel engouement. Elle regarda, étonnée, le pilote embrasser sa femme avec une fougue peu commune. Dans ce baiser, on sentait qu'il libérait la tension extrême qui restait en lui.

II

Le lendemain.

Dès l'aube, de sa chambre d'hôtel, Bernadette admirait le paysage. Le soleil s'infiltrait dans la brume légère qui s'évaporait au fil des minutes. Belle s'imposait la nature, belle serait la journée. Elle tourna la tête, regarda son mari qui dormait avec… oui, de-ci, de-là quelques petits ronflements. Bernadette sourit. Le visage de Richard au repos donnait une apparence tellement juvénile ! Elle se pencha, l'embrassa délicatement et lui susurra :

— Richard, il est temps de te préparer.

— Encore un moment… Je suis si bien.

— Je sais ! Mais une voiture sans pilote, je ne crois pas que les sponsors apprécieraient !

— Sincèrement, tu ne trouves pas que depuis notre mariage je me bonifie ?

— Toi, tu es comme le bon vin : il faudra des années ! Allez, va prendre une douche et viens me rejoindre pour le petit déjeuner.

Tout en s'éclipsant, il tourna la tête et dit :

— Sans toi, je rate le départ.

Elle hocha la tête en souriant, le regarda s'éloigner. Dans ses yeux perlait une multitude d'étoiles, proches des larmes du bonheur.

Deux heures plus tard, ils se trouvaient aux abords du circuit, devant leur stand. L'ambiance était particulière, les techniciens bichonnaient la voiture, d'autres effectuaient les derniers réglages. Bernadette reprenait son rôle et s'affairait auprès des sponsors. Le résultat de la veille avait fait grand bruit. Mais pas question de distraire le pilote, il était déjà dans une bulle. Jocelyne et Alexandre arrivèrent au moment où les pilotes se positionnaient en fonction des résultats de la veille. Comme à son habitude, Alexandre prenait des notes. Il constatait que plus le départ approchait, plus la fébrilité augmentait. Les techniciens donnaient les dernières instructions, le second pilote, bien que classé à la neuvième place, présentait un taux de nervosité perceptible, au point qu'Alexandre en fit la remarque à Bernadette, qui donna une réponse simple :

— C'est ce qui fait la différence entre un premier pilote et un second.

Puis, elle ajouta avec un clin d'œil :

— Je dors avec le premier.

Ils rirent de bon cœur. Reprenant son sérieux, Alexandre lui demanda :

— Toi qui connais le circuit… Où devons-nous nous placer ?

— Grâce à votre billet, vous n'aurez aucun problème. Vous allez juste à l'angle de cette ligne droite. De là, vous aurez une vue sur le drapeau qui lâchera les bolides et, en tournant la tête, vous verrez le nouveau virage de l'eau rouge. Ensuite, après quatre à cinq tours, vous revenez chez nous pour assister aux arrêts de nos voitures. Pour des novices, la rapidité d'exécution des techniciens est une chose impressionnante à voir. Et, ici j'insiste, vous êtes de la partie pour l'apéritif de ce soir à la maison.

— Merci pour tout, nous vous laissons, nous allons nous installer pour ne rien rater du départ.

Enlacés, ils se dirigèrent vers l'endroit suggéré.

— Jocelyne, observe bien la voiture de notre ami, il occupe la seconde position. Le connaissant, je parie qu'il va dépasser l'Allemand ! Tu entends le vrombissement des moteurs ? C'est ahurissant ! Regarde, le drapeau à damiers va s'abaisser ! Ça y est, ils sont partis !

Jocelyne souriait, elle avait à ses côtés un gamin sautillant qui criait :

— Il passe en tête ! Richard va aborder le virage de l'eau rouge devant l'Allemand ! Mais… mon Dieu, il ne tourne pas ! Il va droit dans le mur !

Un bruit fracassant s'ensuivit, des flammes, des cris, le tollé le plus complet. La course fut arrêtée, les sirènes des voitures de secours estompèrent les bruits des moteurs. Alexandre prit la main de Jocelyne et, en courant, l'entraîna vers le lieu de l'accident. Ils enjambèrent le mur de protection et, à ceux qui voulaient leur interdire l'accès au lieu du drame, Jocelyne présenta sa carte d'officier de police. Bernadette était déjà sur place. Affolée, elle cherchait vainement à s'approcher de la carcasse fumante. Un pompier s'approcha d'elle :

— Laissez-nous agir madame, le danger du feu est écarté. Je vous promets que, dans les minutes qui suivent, nous allons sortir votre époux du cockpit.

Le professionnalisme de Jocelyne prit le dessus. Par une vitre brisée, elle glissa sa main à l'intérieur de la voiture, chercha le cou du pilote, trouva la veine jugulaire externe, palpa pour sentir le pouls, recommença deux fois. L'horreur se dessina sur son visage. Elle regarda Alexandre, et d'un clignement des yeux lui signifia que c'était fini. Le malheur venait de s'abattre sur le circuit. Malgré le silence lourd qui s'abattit autour du bolide, une rumeur circulait dans le public : les Allemands ne pouvaient pas perdre. Déduction facile. Jocelyne se tourna vers Bernadette, qui avait l'air hagard, et s'avança de manière à lui éviter la vue de son mari. Son corps inerte et sa tête penchée à la manière d'un pantin désarticulé offraient une image insoutenable pour l'être cher.

— Bernadette, ils viennent de sortir Richard de la voiture. Ils vont maintenant l'installer sur la civière de l'ambulance. Reste avec Alexandre, nous allons te conduire à l'hôpital.

Puis, se tournant vers son fiancé :

— Alexandre, je te quitte, je dois absolument mettre Marc-Antoine au courant. Je reviens le plus vite possible.

Elle s'éloigna rapidement, rejoignit leur véhicule, une Citroën 11BL traction acquise récemment, et démarra en trombe.

Jocelyne arriva en un temps record au commissariat. Elle surgit dans le bureau de son chef, le salua brièvement et lui expliqua la situation :

— Marc, je viens du circuit de Francorchamps, un grave accident vient de se produire. Notre ami et pilote Richard Belfond vient de perdre la vie, il faut que tu obtiennes l'enquête. D'après les premières constatations des secouristes, seul un problème de direction aurait pu occasionner un tel drame. La voiture n'aurait pas répondu à l'injonction du pilote. Il faut absolument que celle-ci soit remorquée jusqu'à notre laboratoire pour expertise. Personnellement, je vais demander au service de sécurité de ne laisser personne approcher du véhicule.

Marc-Antoine, qui avait écouté sans l'interrompre, laissa passer quelques secondes avant de répondre :

— Très bien, je vais contacter le magistrat et je déclenche tout le processus. Dans la demi-heure, nous aurons des hommes sur place. J'espère que tu as calculé le risque que je prends ?

— J'en suis consciente. Merci pour la confiance que tu m'accordes. Je retourne immédiatement sur le circuit. Je vais donner les instructions afin d'éviter que l'endroit de l'accident ne soit foulé par des curieux. Je ne pourrai pas attendre nos collègues, je dois soutenir la femme du pilote et voir si, dans l'entourage, je peux apprendre quelque chose d'opportun.

Pour la famille et les proches, la journée se présentait des plus délicates et douloureuses. L'enquête s'annonçait difficile, ce monde était inconnu à Jocelyne. De plus, il ne fallait pas négliger les participants étrangers. Pour une première, elle ne l'oublierait pas de sitôt ! Son étonnement alla plus loin : en effet, dès que la piste fut dégagée, la course reprit de plus belle.

III

Cinq jours sont passés.

Le ciel était d'un gris oppressant, un brouillard opaque modifiait la forme des sépultures. Situé à flanc de coteaux, le petit cimetière de la commune de Vaux-sous-Chèvremont regorgeait de monde. Les parents, les amis, les supporters, les innombrables curieux et la presse attendaient l'arrivée du convoi funèbre. Les commentaires allaient bon train. Jocelyne et Marc-Antoine se répartissaient la tâche. Chacun de leur côté, ils circulaient de groupe en groupe, en quête de commérage. L'écurie allemande, l'adversaire principal et mal-aimé du public en faisait souvent les frais ; le mot « sabotage » semblait être le plus souvent retenu. Nos deux compères cherchaient un mot, une phrase, un déclencheur pour leur enquête. Soudain, la foule s'immobilisa : la voiture mortuaire montait lentement la côte. De part et d'autre de la route, les gens, suivant leurs convictions, s'agenouillaient, inclinaient la tête ou faisaient le signe de croix, mais tous voulaient être présents et dire à la veuve « nous sommes là avec toi ». Dès l'arrêt du cortège, l'équipe s'avança, souleva le cercueil et, d'un pas lent, très lent, comme pour retarder l'au revoir, se dirigea vers la dernière demeure de Richard Belfond. Bernadette, tout habillée de noir, avait, pour protection des regards des badauds, un léger voile qui peinait à cacher des larmes qui suivaient les rides de la douleur. Devant le caveau familial, les intimes attendaient tête baissée, émus par l'instant. À la surprise générale, le staff au grand complet de l'écurie allemande était rangé sur le côté droit du caveau. Dès que le cercueil fut positionné et prêt à descendre, le pilote allemand, vainqueur de la course, s'avança et, dans un français hésitant, la voix remplie d'émotion, prononça ces mots : « Richard, si tu étais resté parmi nous, tu aurais gagné cette course. Au nom de notre équipe, je tiens à te remettre ce trophée. Il t'appartient. » Sur ces mots, il le déposa au pied du tombeau, puis se retourna et regagna sa place au milieu de son équipe. Un silence impressionnant flottait sur l'assemblée. Un à un, d'un même geste, chacun salua le cercueil puis s'inclina devant l'épouse avant de s'éloigner. La famille demanda à rester seule, elle tenait à se recueillir une dernière fois dans l'intimité. À quelques pas de là, les deux inspecteurs assistaient à la scène. Jocelyne, la première, commenta :

— Si le coupable est parmi eux, il cache bien sa culpabilité.

— Tu as raison, mais regardons-nous dans la bonne direction ? Rien n'est plus sûr. Je crois Jocelyne que nous avons devant nous une enquête des plus difficiles. Armons-nous de patience et tâchons de réunir le plus d'éléments possible. Ensuite, nous commencerons le travail de terrain.

IV

Quelques mois plus tard.

Le mot « guerre » est sur toutes les lèvres. La population a peur. Hitler bouscule toutes les conventions. Preuve en est, le 10 mai 1940, il déclenche une offensive contre la Hollande, la Belgique et la France. Malgré l'héroïsme des troupes engagées, les alliés sont dans l'obligation de céder du terrain et de déclencher la retraite. Des dizaines de milliers de soldats se retrouvent bloqués sur les plages. Du ciel, à tout moment, surgissent des bf-109 et des ju-87 stukas. Comme une meute affamée avide de sang, ils tirent rafale après rafale sur une armée quasi impuissante. En protection, bien qu'inférieure en nombre, la R.A.F. lance ses Spitfires et hurricanes dans la bataille. Peu nombreux, mais efficaces, quelques pilotes belges les accompagnent dans cet enfer, dont le lieutenant Amory Delhomme.

Pour la quatrième fois, mon compagnon de combat et moi-même atterrissons. Des mécaniciens s'affairent immédiatement pour un examen rapide des points importants, d'autres remplissent les réservoirs. Mitrailleuses rechargées, sans sortir de nos appareils respectifs, juste sur un signe du responsable de la maintenance, Pierre Warnant, nous nous apprêtons à repartir au combat. J'ai l'impression que mon équipier est tendu, la fatigue se lit sur son visage. À travers les cockpits, il intercepte mon regard. Il me fait signe, lève le pouce, essaye un sourire. OK, nous repartons ! Vraiment un brave, ce Guy. Le décollage s'effectue sans heurt, je ne suis pas pratiquant, mais je ne peux m'empêcher de lever la tête au ciel et de demander à être protégé. Très vite, nous voilà de retour au-dessus des plages. Un coup d'œil vers le bas, effarant, des bateaux de tous genres volent au secours de cette armée en détresse : navires de guerre, chalutiers, bateaux de pêche, bateaux de plaisance… Une force est en route. Cet instant de curiosité m'est fatal : un Messerschmitt me colle derrière. Guy est lui aussi pris à partie. La valse de la mort débute. L'appareil de mon équipier est touché, il part en vrille,. Mon Dieu …il ne s'éjecte pas ! Ma chance va-t-elle continuer ? Mon appareil est de taille, mais la lutte est dure. Du bout des ailes, des filets d'air décrochent. Je grimpe, je perds du terrain, piqués, virages, rien n'y fait : il me suit, je suis sa proie. Son expérience est grande, égale à la mienne, plus peut-être. Sa première rafale de mitrailleuse touche son but. Mon appareil n'est plus dirigeable, il plonge vers les flots, le feu se propageant dans la cabine. Je m'extirpe du cockpit, des flammes m'entourent, le visage, les mains, l'enfer, je brûle ! Un dernier réflexe, je tire la poignée d'ouverture de mon parachute extracteur, entraînant celle du parachute principal. À la poitrine et aux épaules, un choc, il s'ouvre puis… plus rien.

Quand je me réveille, on m'informe que je suis dans une clinique et que je vais être rapidement transféré.

V

15 juin 1940.

Hôpital militaire pour grands brûlés, une immense salle remplie de lits blancs alignés, où étaient couchés des hommes ayant porté des uniformes différents. Certains venaient de Bastogne, d'autres de Namur, de Liège, des régions flamandes. Ici, point de frontière, uniquement des blessés qui attendaient la guérison, bien que certains, dans leur souffrance, priaient pour mourir. C'est dans cette ambiance faite de gémissements qu'un homme s'avança et s'arrêta au pied du lit portant le numéro 37. Il s'inclina et demanda :

— Vous êtes bien le lieutenant d'aviation Amory Delhomme ?

À travers les bandeaux qui entouraient son visage, le blessé murmura :

— Oui.

Voyant l'ampleur des difficultés de ce dernier à parler, l'homme proposa :

— Répondez-moi par un hochement de tête, je comprendrai. Pour commencer, je dois vous dire que, quelle que soit votre décision, cette conversation doit rester confidentielle. Il y va de votre sécurité.

Un hochement de tête montra qu'Amory avait compris. L'homme poursuivit :

— Parfait. Je suis envoyé de Londres afin de créer un réseau de résistants. Nous souhaitons, dès votre rétablissement, que vous en soyez un des hauts responsables. Nous connaissons tous vos antécédents et vous êtes le mieux placé pour nous représenter dans la partie francophone du pays. Je dois attirer votre attention sur le fait que le danger sera présent à tous les instants. En dehors de notre réseau, vous n'aurez plus d'amis. Plus personne à qui vous confier. Vous sentez-vous de taille à assumer cette fonction ?

Nouveau hochement de tête.

— Très bien, il va sans dire que, à partir de cet instant, nous allons faire jouer nos relations pour vous faire sortir au plus vite de cet hôpital.

Encore un hochement.

— J'oubliais, pour la période de transition entre votre état actuel et votre guérison, nous avons prévu de vous entourer d'un blessé léger qui prendra soin de vous. Il s'agit d'un homme qui a déjà été sous vos ordres, il s'agit du caporal Jérôme Delannoy. Cela vous convient-il ? Attention, il n'est pas au courant de votre future mission. Concernant ce point, ce sera à vous de décider.

Plusieurs hochements de tête, le choix de l'infirmier semblait très apprécié.

— Vous aurez de nos nouvelles d'ici deux à trois mois, le temps nécessaire à un premier pas vers un rétablissement. D'ici là, pensez à votre retour auprès de votre femme.

L'homme posa sa main sur l'épaule du lieutenant et dit avec un peu plus de chaleur :

— Prenez bien soin de vous, mon ami. Il y a autre chose… le terrain d'aviation où vous étiez caserné a été bombardé et personne n'a réchappé à cette attaque. Je pense que vous deviez le savoir, de cet aérodrome, vous êtes le seul survivant.

Il le quitta sur ces dernières paroles. Amory, malgré l'état second dans lequel il était plongé, pensa à son mécanicien et ami, mort pour la patrie, oui… mais absent pour toujours.

VI

Fin juin 1940.

Un train de la Croix-Rouge entrait lentement en gare des Guillemins. Il s'arrêta dans un crissement de freins. Ici, rien que de l'insoutenable : des mères, des pères, des épouses, des sœurs, tous, le visage inquiet. Ils étaient ici pour retrouver un être cher. Alice Delhomme était parmi eux et, comme tout un chacun, elle scrutait et cherchait son mari. Elle lisait les pancartes que hissaient les blessés : beaucoup étaient méconnaissables. Un fauteuil roulant, poussé par un blessé léger s'avançait vers elle. Mais… oui ! C'est lui, Amory ! Mon Dieu ! Elle recula, effrayée par le tableau : son mari défiguré, le regard vide. Aveugle de surcroit. Elle se reprit immédiatement, s'agenouilla à hauteur de son époux, les larmes aux yeux :

— Amory… que t'ont-ils fait ?

Ce fut le guide qui prit la parole :

— Son avion a été touché, le cockpit s'est embrasé. Il est parvenu à s'extraire, un vrai miracle.

Alice ne savait que faire, que dire. Elle pressa sa tête contre celle de son mari et dit :

— Nous allons prendre soin de toi. Tu verras, d'ici quelques mois, ton accident ne sera plus qu'un mauvais souvenir.

Jérôme Delannoy, infirmier pour la circonstance, intervint :

— Madame, je ne sais pas si vous avez été avertie, mais pour la tranquillité et les soins de mon lieutenant, je dois être à ses côtés 24 heures sur 24. La gravité de ses blessures demande un suivi de tous les moments.

D'une voix à peine audible, Amory parla enfin :

— Si tu n'y vois aucun inconvénient, j'aimerais occuper la chambre au fond du couloir dans notre aile droite. À côté, il y a une petite chambre, Jérôme pourrait l'occuper. Fenêtre ouverte, je pourrais jouir de l'odeur des fleurs du jardin et, peut-être plus tard, avec un miracle, revoir la Meuse qui coule à nos pieds.

— Dès que nous serons rentrés, je m'occuperai de tout ceci. Mais je te veux plus optimiste, ta cécité ne sera pas permanente, nous verrons le professeur Alexander. Il n'a pas quitté le territoire.

— Merci Alice.

Il lui prit la main et la pressa délicatement. Alice, devant ce contact, souleva avec précaution son bras et effleura sa main d'un baiser.

Le trajet jusqu'à leur demeure s'effectua dans un silence religieux. Ce fut Alice qui le rompit :

— Amory, je dois t'informer d'une chose peu agréable et à laquelle je n'ai pu m'opposer. Vu la situation de notre auberge, celle-ci a été réquisitionnée ; avec correction, mais fermeté. Ces gens occupent toute l'aile gauche, seuls le général et son aide de camp occupent le premier étage. Au rez-de-chaussée, ils ont installé un dispositif radio et l'équipe qui lui est nécessaire. Ne sois pas surpris, la propriété est peuplée de tentes et les voies d'accès protégées par des militaires en armes. Crois-moi, il m'a été impossible de les empêcher de s'installer.

Pour toute réponse, Amory murmura :

— Maudits soient-ils.

Sa tête tomba sur le côté, comme s'il était plongé dans un profond sommeil. Alice, effrayée, regarda l'infirmier.

— N'ayez crainte, madame, il s'agit des symptômes d'une tension extrême, il doit juste récupérer.

Sur ces mots, la voiture s'arrêta face au dispositif de sécurité, deux soldats vinrent examiner la voiture. Sur ces entrefaites, un troisième revint en courant et fit stopper l'inspection. Il criait :

— Ordre du Général ! Ordre du Général !

Le dispositif de sécurité fut enlevé quasiment au pas de gymnastique.

La voiture s'avança lentement pour s'arrêter deux cents mètres plus loin. Jérôme sortit le premier de la voiture, déploya le fauteuil roulant, y installa son lieutenant, puis s'inclina et lui glissa à l'oreille :

— Voici le comité d'accueil, et pas n'importe lequel ! Un général dans toute sa superbe. Celui-ci, sans rien laisser paraître, contempla le blessé et dans un réflexe voulut s'approcher, mais se retint. Il salua de la manière la plus rigoureuse et, dans un français maladroit, mais courtois, lui souhaita la bienvenue chez lui. Il ajouta :

— Nous regrettons sincèrement que vous ayez été abattu lors de la défense de vos troupes. Ni votre dextérité, ni votre indéniable courage ne pouvaient venir à bout de nos forces. Nous étions supérieurs en nombre et en matériel. Vous étiez condamné. Personnellement, je respecte votre engagement pour votre patrie. Je tiens à vous dire que je veillerai à ce que nos activités troublent le moins possible le temps de repos nécessaire à votre rétablissement.

D'une voix faible qui obligea le général à se pencher, Amory répondit :

— Question bravoure, je crois nos hommes égaux aux vôtres, mais vous avez entièrement raison, votre matériel est nettement supérieur.

Le général sourit puis, s'adressa à Jérôme :

— Conduisez votre lieutenant à l'intérieur, je crois qu'une petite réception l'attend.

Jérôme ne se fit pas prier et poussa le fauteuil à l'intérieur. Alice, restée en retrait, proposa par correction au général de participer à cette petite réunion de bienvenue. Tout en s'inclinant, il refusa l'offre, prétextant que ce moment était familial et que sa présence pouvait ternir celui-ci. Alice, soulagée, rejoignit son mari :

— Chéri, tous tes amis sont présents : Jacques, Pierre, Léon, Alphonse, Berthe et la petite dernière, Sophie. Concernant le personnel, vu les circonstances, beaucoup nous ont quittés.

Dès son entrée, de timides applaudissements avaient salué son retour et tous, sans exception, vinrent témoigner leur affection. Pour détendre l'atmosphère de ce moment plein d'émotion, Alice demanda que l'on avance les pâtisseries, ainsi qu'un excellent mousseux. Une heure se passa, les langues allaient bon train sur la présence des Allemands, Amory coupa court :

— Leur présence est un effet pervers de la guerre, elle ne fait que commencer, soyons patients. Maintenant, si vous voulez bien m'excuser, je vais me retirer, je suis extrêmement fatigué.

Jérôme regarda Alice, qui lui fit signe de la suivre jusqu'à la chambre qu'Amory souhaitait occuper.

— Voilà chéri, nous changerons l'installation si elle ne te plaît pas… Oh, excuse-moi, je dois m'habituer à ta nouvelle situation.

Elle se mit à pleurer, s'agenouilla à côté de son mari et prit sa main :

— Tu me raconteras ?

— Rassure-toi, je comprends très bien ton émotion. Retourne auprès de nos invités, remercie-les, mais explique-leur que j'ai besoin de récupérer et certainement d'être soigné.

Alice se releva, essuya ses yeux humides et dit :

— Je te laisse. Monsieur Delannoy, si vous avez le moindre problème, n'hésitez pas, je viendrai dans l'instant.

— Merci madame, mais, vous pouvez m'appeler Jérôme.

VII

Suite au tragique accident de son mari lors de la dernière course de Francorchamps et du décès de son frère, Pierre, tombé au champ d'honneur, Bernadette Belfond s'était retirée dans leur belle villa ardennaise. Son but principal était de suivre pas à pas l'enquête qui, malgré les efforts conjugués de Jocelyne et Marc-Antoine, avançait avec une lenteur extrême. Elle comprenait les difficultés que devaient rencontrer les inspecteurs : la guerre, le départ des mécaniciens de son écurie et celui de Paul Delavigne, le second pilote et ami. Tous, sans exception, avaient rejoint l'Angleterre. Elle frémissait rien que d'y penser. Concernant les intervenants du stand allemand, ils étaient certainement répartis sur tous les fronts, alors, que faire ? Le facteur vint interrompre ses pensées. En vieille connaissance, il frappa un petit coup à la fenêtre et lui montra une lettre. Il savait qu'un petit remontant lui serait proposé. Bernadette lui sourit :

— Entrez Marc ! Comme d'habitude ?

— Avec grand plaisir, Madame Belfond. Voici votre courrier.

Il lui tendit une enveloppe, qu'elle attrapa et retourna plusieurs fois.

— Tiens, ce nom m'est inconnu.

Le facteur, bon enfant, entre deux gorgées:

— Certainement un admirateur ?

— Non Marc, ce temps est révolu.

— Excusez-moi, je suis vraiment un idiot.

— Mais non, ce n'est pas grave.

— Je vais continuer ma tournée, encore merci pour votre gentillesse.

La porte était à peine fermée qu'elle ouvrit la lettre.

Chère Madame,

Si je m'autorise ce terme affectueux, n'y voyez que le respect que je vouais à votre frère. Nous étions ensemble dans la même unité : lui en tant que responsable de l'entretien de nos vieux avions et moi en tant que pilote. Nos vies dépendaient de sa virtuosité à tirer le maximum de nos vieux moulins. Il nous épatait tous. Ceci pour vous dire que le drame qui est le vôtre me touche énormément. Perdre un mari dans la fleur de l'âge et un frère est une peine indescriptible, perdre un ami est un vide profond. Lors de mon dernier combat, mon avion fut touché, il s'est enflammé, je suis resté un moment bloqué dans mon cockpit, j'ai perdu la vue. Mon aide de camp et moi sommes allés sur sa tombe lui rendre un dernier hommage ; ce moment reste et restera un des plus tristes que j'ai connu. Cette lettre, aussi, pour vous dire que si vous ressentez le besoin de connaître la vie de votre frère dans son escouade, ou si je peux subvenir à un quelconque besoin, sachez que je ferai le maximum pour, en son souvenir, vous être agréable.

Dans l'attente d'un mot, d'une visite, croyez à mon amitié réelle.

Amory Delhomme

Bernadette resta un moment perplexe devant cette lettre qui lui rappelait tant la valeur de son cher disparu. Elle devait répondre. Pour elle, ce monsieur semblait avoir une grandeur d'âme hors de son temps. Elle prit la plume et se mit à écrire sans attendre.

Amory reçut ce courrier une semaine plus tard, ouverte par les services de contrôle nazis. Son libellé était simple et concis.

Cher Monsieur,

Je m'efforce actuellement de régulariser les différentes affaires de mon cher disparu. Avec certitude, je puis vous dire que vous rencontrez sera pour moi un moment de bonheur. Mais, actuellement, vous donner la date de ma visite est impossible. Sachez que l'amitié qui vous liait à mon frère me touche énormément, votre accident également. Je me permettrai de vous informer de la date de ma visite.

À très bientôt, et encore merci de votre aimable attention.

Bernadette Belfond

VIII

La guerre, cette faucheuse d'hommes, empêchait Marc-Antoine et Jocelyne d'avancer dans l'enquête sur la mort du mari de Bernadette Belfond. Devant le tableau noir où s'inscrivaient les avancées de leur recherche, Marc-Antoine ne pouvait s'empêcher d'exprimer son énervement face aux difficultés qu'ils rencontraient. Il s'adresse à Jocelyne :

— Tu te rends compte ? En dehors du fait que nous avons retrouvé deux clefs et une scie à métaux provenant du stand des Allemands, nous n'avons rien, absolument rien !

— Nous faisons le maximum. Il nous faut maintenant trouver la manière de procéder vis-à-vis des envahisseurs. Nous savons déjà que le général qui a réquisitionné une partie de l'auberge située au-dessus des falaises de Chockier participait comme premier pilote dans la course où Richard Belfond a perdu la vie.

— Tu parles de l'Auberge de la Renaissance ?

— Oui. De cet endroit, il leur est facile de surveiller toute la vallée.

— Exact, et principalement un seul accès à contrôler. Mais revenons à ce qui nous préoccupe. Crois-tu qu'il est possible d'obtenir un rendez-vous auprès du Général von Mannhart ?

— Nous pouvons essayer...

Marc-Antoine prit sa veste, regarda Jocelyne :

— Viens, nous y allons.

— Je crois que nous commettons une erreur, nous devrions passer par la voie hiérarchique.

— Sur ce point, tu as raison, mais j'aimerais avoir ton opinion sur un autre sujet. Il est entendu que nous parlons en toute confidentialité et que rien ne sortira de ce bureau.

— Je crois que la question ne devrait pas se poser.

Elle fit mine de cracher à terre :

— Croix de bois, croix de fer, si je mens, je vais en enfer. Ce sera suffisant ?

— Bon, je n'aurais pas dû faire cette réflexion. Excuse-moi. Maintenant, j'aimerais avoir ton avis sur le fait que l'on nous incite à dénoncer et interpeller des personnes qui n'ont jamais enfreint les lois belges, mais, qui par leur naissance, sont juifs, romanichels, tsiganes ou simplement en désaccord avec le régime fasciste.

— Je ne suis pas du tout favorable à cet esprit et je pense ne pas m'engager en disant qu'Alexandre en est adversaire aussi.

— Nous avons une autre possibilité à proposer.

— Laquelle ?

— De par notre position, nous pouvons aider les partisans, mais il faut savoir que le danger est grand et permanent.

— Alexandre est du même avis. Au niveau du journal, rien ne paraît sans l'aval de l'un des leurs. Bientôt, pour contrebalancer cette atteinte à la liberté d'expression, nous allons voir sortir une nouvelle gazette, *le Clandestin* ; le rédacteur en chef et Alexandre équipent en ce moment une petite imprimerie.

— Je crois que l'on peut assurer que la résistance bouge dans la région. Puisque nous en sommes à partager nos secrets, tu n'aurais pas une idée pour transférer des armes ?

Après un moment de réflexion, Jocelyne répondit :

— Je vois Alexandre dans une heure, je sais qu'il a une vieille charrette dans un hangar et qu'il prenait souvent plaisir à y attacher son vieux cheval pour aller ramasser du bois en forêt. Sans attirer l'attention de quiconque, pourquoi ne pas conduire tes armes ainsi ?

— Tiens-moi au courant le plus rapidement possible, les Allemands doivent venir établir un inventaire de notre armurerie. Concernant notre enquête, je vois nos supérieurs pour qu'ils obtiennent une entrevue avec ce fameux Général von Mannhart.

— Très bien, moi, j'en discute avec Alexandre.

Il n'y eut aucune hésitation de la part de son compagnon. Le transport du petit arsenal fut prévu pour le lendemain six heures dans la cour de la gendarmerie. Marc-Antoine attendait devant l'entrée de l'armurerie. Alexandre arrêta sa charrette devant la porte, serra le frein à main et descendit aider à l'enlèvement des armes.

— Bigre ! Cela fait une belle quantité.

— Je crois qu'il vaut mieux passer le tout en une fois, sinon on risque de vous remarquer. Jocelyne et toi devez les conduire dans les bois de Harzé, près de la petite chapelle. Cela monte assez fort, malgré la charge, cela ira pour ton cheval ?

— Rassure-toi, il en a vu d'autres.

— Parfait. Là-haut, vous serez attendus par deux hommes, vous les reconnaîtrez, ils portent un brassard à la manche droite. Prenez ces deux vieilles couvertures pour couvrir les armes et, surtout, informez-moi dès votre retour.

La mission se déroula sans heurt jusqu'à mi-parcours, lorsqu'un gamin de 17 ans tout au plus déboucha devant eux :

— Attention, une patrouille allemande vient dans votre direction.

Il s'éclipsa aussitôt. Alexandre arrêta le cheval, regarda Jocelyne et dit d'une voix inquiète :

— Je regrette d'avoir accepté que tu participes à cette aventure, mais nous allons nous en sortir. Fais comme moi.

Il enleva sa veste, sa chemise, déboutonna son pantalon et jeta le tout dans la charrette dans un désordre voulu. Jocelyne suivit son exemple, mais elle hésita un instant au moment d'enlever son soutien-gorge. Lui n'hésita pas. Il l'arracha plutôt que de le détacher. Sa peau blanche et ses seins aux mamelons bien marqués accentuèrent son envie. Était-ce la dangerosité du moment, toujours est-il qu'il la dénuda complètement, la coucha sur les couvertures et, sans préparation aucune la pénétra brutalement, elle devait crier, leur vie en dépendait. Elle marqua sa désapprobation par une virulente exclamation, puis ce ne fut plus que halètements et cris de jouissance. Ils s'appartenaient. Les bruits de bottes approchaient. Le sergent qui conduisait la patrouille était d'un certain âge. Suite aux cris de plaisir qu'il entendait, il se fit la réflexion que le petit Belge était bien exalté, puis il réagit pour la satisfaction de son peloton :

— Colonne de gauche, tête à droite, colonne de droite, tête à gauche, pas au ralenti.

Subissant les regards voyeurs et avides, comme si c'était la dernière fois, ils accentuèrent leurs ébats et s'écroulèrent dans un dernier cri d'amour. Le bruit des bottes s'éloignait, les rires aussi. Ils étaient sauvés. Alexandre fut le premier à se ressaisir, il s'habilla en hâte et aida Jocelyne à se réajuster.

— Ce genre de livraison sera unique, crois-moi.

— Je suis de ton avis, mais… quelles sensations !

Il la regarda avec amour et, tout en riant, reprit les rênes et fit avancer son brave cheval. Ils arrivaient en haut de la côte, quand une voix les interpella :

— Malgré la patrouille, vous avez réussi. Comment avez-vous fait ?

— C'était notre jour de chance.

— Votre mission s'arrête ici, nous allons conduire les armes en sécurité. Nous préférons garder la position de notre campement secrète. Encore merci, nous nous reverrons certainement.

Alexandre fit tourner sa carriole et dit, l'œil taquin vers Jocelyne :

— J'ai envie de m'arrêter à nouveau, et toi ?

Pour toute réponse, il eut droit à un grand éclat de rire.

IX

Quelques mois plus tard.

Marc-Antoine de son bureau fit signe à Jocelyne de le rejoindre. Dès qu'elle eut mis un pied dans la pièce, il s'exclama :

— Nous l'avons !

Il brandissait comme un trophée un courrier venu des hautes sphères. Le document indispensable pour obtenir une entrevue avec le Général von Mannhart, suivi d'une recommandation des plus précises : dans l'absolu, vu la personnalité, obligation de poser les questions en termes courtois et ne jamais donner l'impression qu'il pourrait s'agir d'un acte criminel ou d'un piège provenant d'un des leurs.

Jocelyne, qui souriait de l'air triomphant de son chef, dit :

— Si je comprends bien, nous allons mener cette enquête avec une épée de Damoclès au-dessus de la tête.

— Tu as tout compris, mais, à ce stade, soyons heureux. Tout en sachant que la procédure sera longue, nous progresserons. Je te propose de contacter son bureau pour solliciter une entrevue.

— Laisse-moi le temps de m'en occuper et je nous obtiens le sésame.

Jocelyne réussit à avoir un rendez-vous pour le lendemain à 15 heures. Puis, ensemble, ils firent une relecture complète du dossier. Par amitié, ils se rendirent chez Bernadette Belfond pour l'informer de l'évolution du dossier.

Le vendredi, à 15 heures précises, l'aide de camp du général les introduisait dans le bureau de ce dernier. Marc-Antoine prit la parole le premier :

— Je tiens à vous remercier de votre complaisance à bien vouloir nous recevoir, et ce malgré toutes vos préoccupations. Permettez-moi de me présenter : inspecteur principal, Marc-Antoine de la Buissonière, du département de la criminelle. Voici ma collègue Jocelyne Delamare, inspectrice.

Le général leva un sourcil :

— De la Buissonnière ? Je suppose que vous faites partie de la noblesse ?

— Oui, mes arrière-grands-parents possédaient un petit château sur les hauteurs de Tohogne. Sa situation permettait d'avoir une vue d'ensemble sur la vallée et ses alentours. Cela n'a pas empêché sa destruction par votre aviation. En dehors de quelques murs et le blason, il ne reste rien. Heureusement, le domaine reste notre propriété.

— Je souhaite qu'un jour vous puissiez le reconstruire. Espérons que cette guerre ne s'éternise pas. Le nôtre est toujours debout. Mon père, le comte de Mannhaart, maintient notre lignée d'une main de fer. Je crains pour lui beaucoup d'ennuis avec la nouvelle génération.

Jocelyne écoutait, étonnée de la tournure de la conversation. Marc-Antoine n'avait jamais parlé de ses origines. Ce terrain d'entente allait-il leur faciliter la tâche ? Le général lui adressa un sourire :

— Madame Delamare, veuillez-nous excuser, vous n'êtes certainement pas venue pour nous entendre parler de nos armoiries, ni de nos arbres généalogiques.

— Bien que cette conversation m'intéresse au plus haut point, je me dois de revenir sur le but de notre visite. Nous essayons de reconstituer les faits qui ont bouleversé le dernier grand prix de Spa Francorchamps, grand prix où vous étiez le leader de votre équipe.

— Oui. Un moment tragique, la fin d'un futur grand champion…

Marc-Antoine reprit la parole :

— Aujourd'hui, c'est ce sujet qui nous interpelle. Nous aimerions avoir votre point de vue sur la présence de ces objets dans le stand belge. Ils viennent de votre stand, probablement déposés par une personne mal intentionnée. Toujours est-il que notre laboratoire les a formellement identifiés comme étant ceux utilisés pour le sabotage de la voiture.

Le ton venait de changer. Le général reprit ses distances et débita d'une voix qui n'admettait aucune antinomie :

— Cher monsieur, je me porte garant des hommes qui formaient notre équipe. Sachez que la nuit qui précédait la course, nous étions tous réunis pour affiner notre stratégie. Nous devions absolument contrer ce pilote talentueux qu'était Richard Belfond. Après analyse, nos ingénieurs ont décrété qu'il nous suffirait de pousser au maximum la voiture de Richard pendant une dizaine de tours pour que le moteur de celle-ci chauffe et l'oblige à ralentir. Je me souviens que seul un mécanicien était absent ce soir-là, il avait été rappelé auprès de sa mère mourante. Mais pour que cessent ces infâmes insinuations, je vais tenter de ramener ce mécanicien dans la région, vous pourrez le questionner. Concernant le reste de l'équipe, aux dernières informations, ils sont tous au front. Dès la première occasion, je vous préviendrai.

Marc-Antoine voulut apaiser la tension palpable :

— Croyez bien, mon Général, que ni mon équipière ni moi-même ne sommes venus avec un esprit de suspicion.

— Je souhaite que vous trouviez au plus vite le coupable, j'ai horreur des sous-entendus et de la chronique malveillante qui ne manque pas de suivre. Je sais que par rapport aux atrocités qui nous entourent cet épisode n'est qu'un grain de sable, mais… je participais à cette course.

— Après notre entretien avec vos mécaniciens, nous écarterons définitivement votre équipe de notre enquête.

Merci de nous avoir reçus et de votre aide.

Ils se levèrent et quittèrent la pièce, soulagés de prendre congé. Ils n'avaient plus qu'à attendre l'appel du général pour les dernières entrevues.

X

Quelques jours s'étaient écoulés.

Bernadette hésitait : allait-elle rendre visite à cet inconnu infirme ? N'allait-elle pas ennuyer ce monde qu'elle ne connaissait pas ? Voulait-elle renouer avec son passé ? Que de questions tournoyant dans sa tête ! Elle se décida enfin, voulant connaître cette partie ignorée de la vie de son frère. Elle prit son manteau et son sac, se regarda dans le miroir, puis haussa les épaules et murmura pour elle-même « il ne me verra pas ». D'un pas qu'elle voulait assuré, elle se dirigea vers sa voiture. Dès qu'elle fut assise, elle se cala au fond de son siège et respira lentement et fort, sa manière d'évacuer le stress, avant de démarrer. La longue route sinueuse et très endommagée ne lui permit pas de réfléchir. Elle arrêta sa voiture devant les grilles de l'auberge. Un corps de garde avait été aménagé. Un soldat s'avança d'un air peu engageant :

— Madame, vous entrez dans un domaine militaire. C'est interdit.

Sans se démonter, Bernadette précisa :

— Je viens voir monsieur Amory Delhomme et je suis attendue.

— Un moment, madame. Je m'informe.

Il rentra dans sa loge, le temps pour son équipier d'examiner la voiture. Quand il revint, le ton paraissait plus affable et plus coopératif :

— Le parking est juste à gauche du bâtiment et, concernant la personne que vous devez voir, l'entrée est au bout de l'allée, face au sentier.

Ils ouvrirent les grilles. Elle avança lentement sa voiture jusqu'à l'endroit réservé au stationnement, se gara et s'engagea à pied dans l'allée. Devant elle, des trous immenses, des plantes broyées, toute une verdure meurtrie. Elle comprit que les engins militaires ne faisaient pas dans le détail. Arrivée à une vingtaine de mètres de l'habitation, tout devint différent. Bien qu'entretenue de façon partielle, dans cette partie l'esprit sauvage de la nature réapparaissait. La porte s'ouvrit alors qu'elle allait sonner. Une femme d'une éclatante beauté la regarda, l'air étonné :

— Bonjour, vous venez pour mon mari ?

— Je viens voir monsieur Delhomme, un ami de mon défunt frère. Je suis Bernadette Belfond.

— Enchantée Madame, je suis Alice, son épouse. Entrez, je suis navrée, j'ai un rendez-vous que je ne peux manquer. J'appelle immédiatement Jérôme, son infirmier, il va s'occuper de vous.

— Je vous remercie.

Bernadette regarda partir cette superbe créature qu'était Alice Delhomme et s'étonna de la voir s'installer dans un véhicule allemand. À ce moment, Jérôme se présenta et tout en conduisant Bernadette fit les recommandations d'usage concernant le visage atrocement brûlé d'Amory. En le voyant, celle-ci ne laissa rien paraître. Au contraire, elle prit un ton enjoué :

— Bonjour Monsieur Delhomme, j'avais très envie de vous connaître.

— Madame Belfond, bonjour et merci d'être venue. Jérôme, pouvez-vous nous préparer une collation ? Avez-vous une préférence, Madame ?

— Un thé me ferait plaisir.

Jérôme hocha la tête avec un sourire et se tourna vers Amory :

— Et vous mon lieutenant ?

— Café noir comme à l'accoutumée avec un sucre, s'il vous plaît.

Jérôme s'éclipsa, un silence s'installa dans la pièce. Amory le rompit :

— Bien que très discret, votre parfum me rappelle une période dorée. N'est-ce pas n° 5 de Chanel ?

— C'est exact, vous avez du nez, à croire que vous êtes créateur de parfum ?

— Non, je crois plutôt que la cécité rend mon odorat plus performant.

Bernadette ne savait que dire devant cette triste vérité. Heureusement, Jérôme entra avec les boissons et sa bonne humeur :

— Voici du thé, du café et, avec un grand sourire, ersatz certifié et quelques biscuits authentiques. Puis-je vous servir ?

Bernadette répondit :

— Non, laissez-moi le plaisir de faire le service.

— Parfait, je vous laisse. Si vous avez besoin de quoi que ce soit, je suis dans la pièce à côté.

Dès que la porte fut fermée, Bernadette demanda à Amory :

— Cette personne vous est vraiment dévouée.

— Il faut dire que, lui aussi, je l'ai connu à l'armée. Ici, il est mon infirmier, mon garde-corps et, surtout, un ami.

Bernadette sourit :

— L'amitié semble être pour vous un moteur.

— Dans la vie actuelle, avoir de vrais amis est nécessaire. Mais ils sont rares. Par exemple, dans ma courte vie de dirigeant d'une petite entreprise, la malchance a voulu qu'elle tombe en faillite. De tous les contacts que je m'étais créés, aucun ne s'est manifesté. L'oubli total. J'avoue que, depuis, je compte le nombre de mes amis sur les doigts d'une main.

— Cela semble incompréhensible…

— Voilà pourquoi je protège ceux qui, malgré mon état, m'entourent de leur affection. Mais vous n'êtes pas ici pour m'entendre ronchonner. Parlons plutôt de celui qui, par sa disparition, a laissé un grand vide. J'ai appris que vous étiez parvenue à faire revenir le corps de votre frère. Jérôme et moi sommes allés nous recueillir sur sa tombe.

— Je comprends maintenant la présence de cette gerbe aux couleurs de son unité.

Pendant plus d'une heure, ils dialoguèrent. Bernadette se leva, se pencha et l'embrassa gentiment sur la joue.

— Le temps passe vite, je dois me sauver. J'avoue que vos voisins m'effraient.

— Je vais demander à Jérôme de vous reconduire à votre voiture.

Sur le chemin du retour, celui-ci lui confia :

— Je n'ai, depuis longtemps, vu mon lieutenant aussi détendu et heureux. J'espère que vous reviendrez nous voir, Madame.

— Oui, pour une première rencontre, nous étions en parfaite symbiose et nous avons décidé de nous revoir.

Ils se quittèrent sur ces paroles.

XI

L'automne, déjà…

Alice Delhomme arpentait nerveusement les allées du jardin, très perturbée par les visites que recevait son époux. N'avait-il pas trouvé une cousine venue de nulle part, cette Hortense Ducroix, arrivée de Dunkerque ? Une femme présentant bien, la quarantaine, un peu enrobée, mais ayant beaucoup de présence. Rien chez elle ne confirmait une filiation quelconque. Cette personne semblait n'être qu'une ombre, en accord avec Amory, elle accomplissait les tâches dont aucun serviteur ne voulait. Celles qui conduisaient inéluctablement dans la partie occupée par les Allemands. Pourquoi ? Là était la question. Sous la véranda, son mari, dans son vieux fauteuil, somnolait. Jérôme, non loin de lui, journal à la main, suivait des yeux les déplacements des soldats allemands. Son chien de garde, pensa-t-elle. Elle s'approcha, décidée à avoir une explication.

— Jérôme, laissez-nous un moment, je dois parler à Amory.

La phrase, le ton et la nervosité visible d'Alice ne laissaient rien présager de bon.

— Madame, monsieur se repose.

— Monsieur Delanoy, il y a des entretiens prioritaires au repos.

Ouvrant les yeux, Amory prit la parole :

— J'ai l'impression, Alice, que tu es d'une humeur massacrante. Laissez-nous Jérôme, ma femme est quelque peu nerveuse aujourd'hui.

Dès que ce dernier se fut éloigné, Alice éclata :

— On le serait à moins ! Tu vas avec ton sous-fifre honorer un tombeau, tu reçois du courrier d'une inconnue, tu te trouves une cousine que je ne connais pas… et encore bien des choses qui m'échappent ! Je n'ose réfléchir à l'impact que cela pourrait avoir si je n'étais en bonne relation avec le général.

— Ma très chère, je ne te savais pas à ce point inquiète. Les sous-entendus que tu as avec lui à voix basse me font penser à une entente certaine, que j'espère amicale.

Alice sentit son visage s'empourprer. Heureusement, son mari ne pouvait pas percevoir cette gêne. Puis se reprenant :

— Je crois qu'il a une certaine affection pour moi.

— Je pense que, s'il n'était pas allemand, je pourrais en concevoir une certaine crainte ! Je plaisante, mais, pour t'éviter des ennuis, je vais lors de mes promenades tâcher de le rencontrer, je pourrai ainsi aller à l'encontre de ses prémonitions.

— Lors de notre dernière rencontre, il a manifesté de la suspicion nous concernant. Pour éviter tout malentendu, j'ai pris la liberté de l'inviter ce soir. Je pense qu'il serait plus simple de parler ouvertement de la présence de ta cousine, du courrier que tu reçois et des nombreuses sorties de Jérôme.

— Parfait, je retrouve en toi la femme d'action qui m'a séduit. Mais reconnais que cette emprise allemande est parfois difficile à supporter.

— N'exagère pas, nous ne manquons de rien et chacun ici en profite.

— Par moment, cela me gêne, mais effectivement nous en profitons. Dis-moi, qui sera présent ce soir ?

— Le général, accompagné d'un officier qui, je le crains, pourrait nous causer des ennuis.

— C'est-à-dire ?

— Il s'agit du capitaine SS von Fuchs.

— À présent entre chez nous la pire des vermines, il va falloir être très attentif.

— Amory, me caches-tu quelque chose ?

— Écoute Alice, ma cécité ne m'empêche pas de rester attaché à mon pays. Puisque tu sembles si inquiète, autant te mettre dans le secret. Je fais partie d'un réseau de résistance dont je suis l'un des hauts responsables.

— Toi ?

— Oui, moi.

Après un silence :

— Je commence à comprendre… Et si je m'interroge, eux aussi doivent être aux abois. À nous de les convaincre de notre équité. Pour cette réception, je vais conseiller ta cousine sur le choix de sa tenue. Jérôme aidera au service, il aura ainsi constamment un œil sur toi.

— Durant cette soirée, nous devrons éviter toute ambiguïté. À quelle heure débute ce dîner obligé ?

— 19 h 30, cela te convient-il ?

— Il le faut bien. Peux-tu aller chercher Jérôme ?

Elle se dirigea vers l'endroit où celui-ci s'était retranché. Elle constata qu'il ne les avait pas quittés des yeux. Offusquée, elle l'interpella sèchement :

— Monsieur Delhomme vous attend.

Ignorant le ton, Jérôme répondit aimablement :

— Je m'y rends immédiatement, Madame.

Arrivé auprès d'Amory, il s'enquit :

— Tout va bien, mon lieutenant ?

— Le Général von Mannhart commence à poser beaucoup de questions. Je viens de mettre ma femme au courant de nos activités. Dorénavant, nous devrons gérer nos déplacements d'une manière beaucoup plus discrète. Alice est une femme de tête, le fait d'être au centre des événements va lui permettre d'étaler toute son ingéniosité. Ce soir, dîner d'exception, avec pour invité principal le Général Wilhem von Mannhart. Mais le personnage présent le plus dangereux sera le capitaine SS von Fuchs.

— Une soirée très particulière en perspective...

— Je vais devoir justifier la présence de ma cousine de Dunkerque, le courrier que je reçois et, pour couronner le tout, la visite de Bernadette Belfond, la sœur de Pierre Warnant, ainsi que notre présence au cimetière où je disais un dernier au revoir à ce cher Pierre. Toi, par contre, tu participeras au service. Tâche d'être vigilant et de rester imperturbable, quelle que soit la conversation.

— Mon visage restera de marbre, mon lieutenant.

Amory eut un sourire :

— Si je n'étais pas malvoyant, je te botterais les fesses.

— Je vous conduis à votre chambre. Avant ce soir, un peu de repos ne saurait que vous faire du bien.

— Tu as raison, entre-temps, essaye de savoir si nous n'avons reçu aucun message.

XII

Pendant ce temps...

Chacun en uniforme pour la circonstance, nos deux inspecteurs attendaient devant le bureau de la *Kommandantur*. Mal à l'aise, car ils étaient entourés de toute part d'uniformes SS. Marc-Antoine en fit la remarque à Jocelyne :

— Ils nous font patienter et espèrent nous intimider. Nous n'allons pas leur donner cette satisfaction. Nous entrerons avec le sourire et nous exposerons les faits tels que nous les avons présentés au général.

— Très bien, je te laisse le soin de l'introduction. Ta noblesse nous servira peut-être ici également ? ajouta-t-elle, taquine.

— J'ai peine à croire que l'aristocratie soit présente sous ce toit.

Le planton de service s'avança vers eux et, d'un ton acerbe, les pria d'entrer. Marc-Antoine s'inclina légèrement vers lui pour le remercier avant de pénétrer dans la pièce, talonné par Jocelyne. Une fois assis, il parla le premier :

— Merci de nous recevoir aussi rapidement pour cette première entrevue.

Devant eux, un major aux multiples décorations et un officier de l'armée de terre qui, de prime abord, semblait plus courtois. Le plus haut gradé attaqua instantanément :

— Première et dernière fois que ce sujet sera traité. Ce motif est absurde : aucun de nos officiers ne se serait humilié à un sabotage de ce genre. Nos voitures possédaient des moteurs qui excellaient et surclassaient de loin les vôtres.

Attrapant la balle au bond, Jocelyne rétorqua, sans se départir de son sourire :

— En principe, c'est à la justice de juger. Pour l'instant,

nous cherchons seulement des informations qui pourraient nous aider à trouver le ou les coupables de cet acte odieux.

— Dans ce cas, je vous laisse avec notre officier pour cet entretien.

— Merci.

À peine la porte refermée, Jocelyne se tourna vers l'homme resté seul et sortit divers objets de sa mallette pour lui présenter :

— Nous aimerions savoir si ces objets appartenaient bien à votre stand ?

L'officier les regarda attentivement, puis dit d'une voix étonnée :

— Ces outils proviennent de ma trousse, je les avais rangés dans mon coffre avant de quitter le stand.

— Pouvez-vous me dire si vous avez constaté quelque chose d'inhabituel avant la course ?

— En dehors du fait qu'un grand nombre de personnes tentaient d'approcher nos voitures, non, rien de particulier.

— Essayez de vous souvenir, faites un effort. De vous dépend peut-être l'aboutissement de notre enquête.

L'homme secoua la tête :

— Donnez-moi votre carte, si le moindre événement me revient, je vous contacte. Mais je ne comprends pas comment, en pleine guerre alors que des milliers de gens perdent la vie, vous pouvez vous intéresser à une regrettable erreur de pilotage.

— Il ne s'agit pas, comme vous le sous-entendez, d'un simple accident, mais d'un crime et nous considérons que l'auteur de celui-ci doit être puni, quelle que soit la période.

Il ajouta d'un ton radouci :

— Si vous vous souvenez d'un détail, si minime soit-il, ayez l'obligeance de nous le communiquer. Pour que vous compreniez bien la situation, en plus de ce forfait odieux, Bernadette Belfond, la femme du pilote décédé est une amie très chère et, qui plus est, le Général von Manhaart en personne souhaite la clôture de ce dossier.

— Je comprends mieux votre obstination.

L'entretien se termina sur ces paroles. Une fois que l'officier eut quitté la pièce, Jocelyne se tourna vers Marc-Antoine :

— Il confirme la provenance des outils sans aucune hésitation. J'en déduis qu'il n'est pas à compter dans les éventuels responsables.

— Je suis de ton avis, je pense même que nous devons écarter les Allemands. Je suis pratiquement certain que cet officier ne nous aidera pas dans notre enquête, mais… continuons d'espérer. N'oublions pas qu'il reste deux mécaniciens à interroger. Je propose d'en rester là pour aujourd'hui et de rentrer chez nous.

XIII

Le ciel s'assombrissait, au loin des éclairs fusaient et des coups de tonnerre se faisaient entendre. La soirée allait être occultée par une pluie diluvienne. Les nerfs de chaque personne présente à ce repas allaient être mis à rude épreuve. Depuis les révélations de son mari, Alice, en tant qu'hôtesse de ce mémorable dîner, savait à quel point cette réception serait longue et difficile. Heureusement, à la demande de son époux, elle avait introduit parmi les invités deux connaissances de longue date : Alexandre Devister et Jocelyne Delamare. Lui, en tant que reporter, pourrait apporter un peu de détente grâce à son humour et ses récits de voyage. Elle l'y aiderait, par son charme et sa répartie de bon aloi. Malgré cette prévoyance, il allait lui falloir beaucoup de sang-froid, le capitaine SS tout particulièrement l'inquiétait. On le savait sournois et avait très mauvaise réputation, on disait aussi que son opium était la torture. Heureusement, le Général Wilhem von Mannhart serait présent pour freiner son manque de courtoisie, pour ne pas dire d'éducation. Tout était prêt, et si ce n'était la guerre, le faste dégagé aurait été naturel. Quelques coups à la porte retentirent : nous y étions, la partie commençait. Alice était habillée d'une longue robe noire très seyante et légèrement provocante, où seul un fin collier orné d'une émeraude attirait, s'il le fallait encore, le regard sur la courbe naissante de ses seins. Le sourire aux lèvres, elle ouvrit la porte :

— Mon Général, Capitaine, Madame, soyez les bienvenus.

Le général s'inclina et, dans le plus grand des protocoles, lui baisa la main. Pour lui, ce fut un retour en arrière : un flash rapide, sa demeure non loin du lac, les réceptions où sa défunte femme excellait dans la manière de recevoir ses convives. Il se ressaisit :

— Madame Delhomme, je tiens à vous remercier pour cette aimable invitation.

Il se tourna :

— Permettez-moi de vous présenter le Capitaine von Fuchs de la compagnie SS, ainsi que sa compagne, Madame Deleuze.

Celui-ci leva le bras, puis s'inclina légèrement. La femme tendit une main tremblante qu'Alice serra. Le visage du général se contracta, mais il se retint de formuler une remarque. Sans attendre, Alice reprit :

— Capitaine, Madame, permettez-moi de vous présenter mon époux.

Amory, debout, la main posée sur le dossier d'un fauteuil, attendait que les invités viennent le saluer. Le général vint vers lui, la main tendue. Alice s'avança, prit délicatement le poignet de son mari pour orienter sa main. Le général la serra fortement et déclara :

— Je constate avec plaisir que les soins qui vous sont prodigués sont des plus efficaces. Je souhaite que cette soirée ne vous fatigue pas trop.

— Merci d'être venu, Général, votre présence pour ma femme et moi est… des plus appréciées.

— Je vous présente le Capitaine von Fuchs et Madame Deleuze.

Le capitaine, en parfait inquisiteur, tendit la main de manière à obliger Amory à se déplacer. Celui-ci ne bougea pas, sa main resta dans le vide. Alors l'obligation faisant loi, le fourbe s'avança et serra la main tendue.

— Excusez-moi, votre cécité, bien que connue, m'a échappé. J'espère que votre vie n'en est pas trop affectée ?

— Je suis très bien entouré. De plus, il semble d'après mon épouse que mes brûlures au visage ne heurtent pas trop les gens. Mais prenez place, je suis impardonnable. Alice, où est Jérôme ?

— Je vais lui demander de venir.

— Merci, excuse-moi de t'accaparer.

C'est à ce moment que quelques coups sur la porte annoncèrent la venue de Jocelyne et Alexandre. Alice se précipita pour ouvrir.

Alexandre entra en plaisantant :

— Navré du retard, mais tu avais oublié de dire que tu habitais une forteresse.

Il s'avança et l'embrassa sans cérémonie, sauf celle de l'amitié. Jocelyne fit de même et lui glissa à l'oreille :

— Impossible de le changer ! Toi, tu le rencontres par intermittence, mais, moi, je l'ai pour la vie.

Alice se retint de rire, mais ne put s'empêcher de sourire. Le général, qui malgré lui avait entendu, fit de même. Quant au capitaine, sa mine patibulaire ne bougea pas d'un pouce. Alexandre, avec son assurance habituelle, se présenta et fit de même pour Jocelyne. Puis, spontanément, il entoura de ses bras Amory et l'embrassa. Jocelyne suivit son élan et ajouta :

— Merci d'avoir pensé à nous.

— Vous savez que vous nous êtes très chers, répondit Amory avec un sourire.

Le petit salon, pour cette réception, avait retrouvé sa beauté d'antan. Ici, l'ameublement et la décoration étaient d'époque et reflétaient le goût affirmé du fondateur de l'auberge. Au-dessus de la cheminée trônait un tableau de maître relatant une des épopées de Napoléon. De part et d'autre de la peinture, deux chandeliers de la même époque aux dessins incrustés d'or. Devant un pan de mur, une bibliothèque regorgeait de livres anciens. Un canapé et quatre fauteuils entouraient l'âtre où des braises rougeâtres grésillaient discrètement. Cet endroit, divin pour apprécier de paisibles instants de bonheur, n'empêcha pas le capitaine SS de troubler cette symbiose de paix et de rappeler à Amory sa défaite face aux stukas Allemands, d'une voix arrogante :

— Lieutenant Delhomme, racontez-nous votre dernier contact avec nos avions, les maîtres du ciel.

Par cette demande, il réveillait en Amory l'image la plus atroce qu'avait captée sa mémoire. La réponse de celui-ci fut laconique :

— Ce fut très simple, Capitaine. Nous étions trois à décoller, notre mission était d'empêcher le massacre d'innocents. Au-dessus de nous, une dizaine de stukas. Nous savions en décollant que, sauf intervention divine, nous partions pour notre dernière mission. Notre seul avantage était la rage de vaincre et sachez que, malgré la vétusté de nos appareils et notre infériorité en nombre, nous avons eu l'honneur de descendre deux stukas. Ensuite, après mille phases des plus complexes, chose que vous ne pouvez comprendre, je subis le même sort. Le seul souvenir que je garde est le salut respectueux de mon adversaire. C'était un seigneur. Après j'ai eu de la chance, si l'on peut dire. J'ai réussi à débloquer mon cockpit et à sortir de mon appareil en feu. Dès que je touchai le sol, des hommes m'ont empoigné, un avion nous a survolé en claquant des ailes puis… le silence. Je fus conduit dans un hôpital, détention, blessure, cécité. Voilà mon histoire, Capitaine.

— Je suppose qu'au fil du temps et de nos victoires, vous vous êtes rendu compte de notre supériorité et de la bravoure de nos hommes.

— Pour répondre à cette conviction qui vous honore, je dirais que, des deux côtés, il y a des braves et que, dans ce cas, seul, le matériel et la préparation ont fait la différence. Mais ceci n'est que ma façon de voir les choses et n'engage que moi.

— Personnellement, je pense que la stratégie employée par notre Führer est à la base de nos succès.

Avant que son mari ne réponde, Alice leva son verre :

— À cette soirée, qu'elle soit le début d'une paix promise.

Le capitaine SS ajouta :

— À la grande Allemagne !

Le général leva son verre et posa doucement, mais fermement, sa main sur l'épaule du lieutenant Delhomme. Ce simple geste disait « je vous comprends, mais n'insistez pas ». Alice, jouant parfaitement son rôle de maîtresse de maison, proposa de passer à table. Elle indiqua à chacun sa place, le général à sa droite, son mari à sa gauche. De cette manière, elle pourrait avec simplicité corriger ses éventuelles maladresses. Le capitaine face à elle, Alexandre fut placé à côté de la malheureuse madame Deleuze et Jocelyne hérita du capitaine à ses côtés. Celui-ci ne tarda pas à s'adresser à Alice, interrompant les discussions en cours :

— Madame Delhomme, où se trouve votre cousine ? Le général me la décrit comme une personne de grande qualité, mais, en quelque sorte, venue de nulle part.

— De nulle part est un tant soit peu exagéré, Capitaine. Le général aura certainement précisé qu'il s'agissait d'une cousine germaine de mon époux.

Sur un ton plus ferme, le capitaine von Fuchs insista :

— Certes, mais j'aimerais lui être présenté.

— Vous l'avez sous les yeux depuis le début de cette soirée. Elle excelle dans la direction du service de table. Vous avez sûrement apprécié l'excellence de celui-ci.

— Étant donné le lien qui l'unit à votre mari, pourquoi n'est-elle pas à notre table ?

— Ce choix est le sien, dès son arrivée chez nous, elle a souhaité ne pas être une charge. Avec sa détermination, nous n'avons pu qu'accepter sa façon de voir.

Profitant de la présentation d'un nouveau plat, il saisit la main de la cousine en question :

— Madame Ducroix, j'aimerais faire plus ample connaissance avec vous. Je propose que nous nous rencontrions demain dans nos bureaux. Si votre cousin n'y voit aucun inconvénient, naturellement.

— Absolument aucun, Capitaine. Je pense qu'étant présenté par le Général von Mannhart, votre correction ne peut qu'être exemplaire. À vos côtés, ma cousine est entre de très bonnes mains.

Au vu de la responsabilité que lui conférait la phrase faussement anodine d'Amory, le général intervint :

— Capitaine, croyez-vous que vos bureaux soient appropriés pour une première rencontre ?

— Je me limiterai à une visite des étages supérieurs, ceux du bas étant réservés aux interrogatoires. Il est bon que nos amis sachent comment nous traitons les ennemis de notre patrie. Mais je vous rassure et vous promets que Madame Ducroix ne quittera pas mon bras pour ce premier contact.

Puis se tournant vers elle :

— Demain 14 heures. Chère madame, je suis impatient de vous accueillir.

— Je viendrai avec le plus grand plaisir, Capitaine.

Alexandre saisit l'occasion :

— Je constate votre enthousiasme à vouloir servir de guide, Capitaine. En tant que reporter, auriez-vous la possibilité de m'autoriser à visiter vos locaux, afin d'établir une vérité sur vos manières de traiter vos prisonniers ?

— Actuellement, c'est impossible, mais je promets de vous contacter.

— Merci Capitaine, j'attendrai avec impatience de vos nouvelles.

Depuis un certain temps, le général observait Jocelyne. Il se pencha vers elle :

— Madame Delamare, c'est bien vous qui êtes venue me rendre visite avec votre collègue inspecteur, monsieur de la Buissonnière ?

— Oui, Général.

— Progressez-vous dans votre enquête ?

— Très peu, je dois l'avouer. Les circonstances nous rendent la chose difficile.

— Oui, je comprends. La guerre, les absences, les morts… rien n'est en votre faveur.

Le capitaine interrompit grossièrement la discussion :

— Rien n'est plus ridicule ! Mon Général, comment pourraient agir deux inspecteurs, même d'une certaine importance, sur un membre de notre glorieuse armée ?

Jocelyne répondit calmement :

— Vous avez parfaitement raison, Capitaine. Mais j'espère qu'un jour la guerre aura une fin et que la justice pourra être rendue, quel que soit le pays d'origine de l'assassin. Chez nous, il est de coutume de dire « à cœur vaillant, rien d'impossible ».

Le général, bon samaritain, intervint à nouveau :

— Je reconnais, madame, que votre travail est des plus délicats et que vous n'êtes pas de celles à classer les dossiers pour des crimes non élucidés. Je me souviens que le jour des entraînements, nous avons reçu la visite d'un de nos plus hauts dignitaires, il nous a fait comprendre qu'il était essentiel pour la grandeur de l'Allemagne que nous gagnions cette course. Elle représentait une indéniable démonstration de l'avancée technologique de nos industries.

— Merci de votre compréhension, Général. Évidemment, nous vous tiendrons informé de l'évolution de notre enquête.

La suite du repas se termina sur des badinages sans conséquence. Alexandre, comme à son habitude, aida à détendre l'atmosphère.

Quand ils passèrent au salon à nouveau, à la fin du repas, le lieutenant Delhomme, prétextant une grande fatigue, en profita pour se retirer, une heure sonnait à l'horloge quand le Capitaine SS, suivi de sa pâle compagne, se retira. Le général, quant à lui, profita du départ de tous les convives pour essayer de prendre quelques libertés auprès d'Alice, lui prenant la main :

— Avant toute chose, je tiens à vous dire que le capitaine fut un convive obligé. Dans notre monde, ce genre de personnage est banni.

— Je vous sais désolé de nous avoir imposé ce genre d'individu qui discrédite tout un pays.

— Je vous promets, Alice, de surveiller la visite de la cousine de votre époux, pour que rien de désobligeant n'arrive à celle-ci. Je ne souhaite en aucun cas gâcher nos bonnes relations.

— Merci, je reconnais en vous l'homme d'honneur que j'apprécie.

Il voulut la prendre dans ses bras, mais elle se déroba :

— Vous devrez patienter cher ami, Amory a droit à mon respect. Évitons de montrer notre attirance sous ce toit.

— Je suis confus, mais vous m'êtes tellement précieuse…

Puis, dans un geste des plus protocolaires, il lui fit un baisemain et se retira.

XIV

L'aide de camp du général, curieux, l'accueillit à son retour :

— Votre soirée s'est-elle bien passée, mon Général ?

— Dans l'ensemble oui, Otto. Les Delhomme sont des gens charmants et de bonne compagnie. Il faut savoir que le mari était un brillant pilote de chasse et, de plus, dans le privé il a obtenu une licence en philosophie. Pour compléter la table, un journaliste de haut vol et sa compagne, inspectrice à la criminelle, qui poursuit l'instruction sur la mort du pilote de course Richard Belfond, au grand prix auquel je participais. J'ai eu beau la questionner, impossible de savoir où en est l'enquête. C'est plutôt elle qui vous tire les vers du nez de la manière la plus naturelle qui soit ; elle m'impressionne.

— Vous étiez dans votre élément.

— Oui, tout à fait, mais j'aurais aimé poser les questions et non les subir.

Otto lui souhaita une bonne nuit et lui demanda la permission de se retirer.

— Naturellement, pour vous aussi la journée se termine. Profitez de votre nuit de repos. Demain, j'aurai besoin de vous à la première heure.

Le général ne pensait pas si bien dire, sauf que son emploi du temps serait différent de ses prévisions.

Le Capitaine von Fuchs, quant à lui, ne regagna pas de suite sont logement. Il donna l'ordre à son chauffeur de le conduire dans un établissement de nuit, *le Night and Day*. Dès son arrivée, comme s'il s'agissait d'une marchandise, il échangea la femme qui l'avait accompagné à la soirée des Delhomme contre une jeune femme tout juste sortie de l'adolescence, dénommée Léa, dont le seul attrait pour ce métier était de pouvoir manger à sa faim. Le patron de l'établissement s'interposa :

— Mon Capitaine, vu son jeune âge, il lui est interdit de sortir. De plus, c'est une néophyte, elle ne connaît rien de la profession et ne vous donnera aucun des plaisirs attendus.

— Soit elle m'accompagne, soit je place votre établissement sous surveillance permanente, et ceci jusqu'à sa fermeture.

Le patron s'inclina, il tourna la tête vers la novice, le regard un peu désolé. La jeune femme monta dans sa chambre et, petite valise à la main, redescendit presque aussitôt.

— Je suis prête, Capitaine.

Il lui attrapa la main avec violence et, un sourire sarcastique aux lèvres, la poussa dehors. À peine installés dans la voiture, il s'exclama :

— Tu vas voir, en une nuit, tu connaîtras ton métier, parole de SS.

Puis s'adressant au chauffeur :

— On rentre, ma nuit sera longue et excitante !

Il se tourna vers la débutante dans un grand éclat de rire :

— N'est-ce pas, ma jolie ?

Arrivé, il donna l'ordre de ne le déranger sous aucun prétexte avant l'heure requise. Il claqua la porte de son appartement, jeta la petite sur le lit qui, effarée, cria :

— Capitaine, laissez-moi juste un instant, le temps de me préparer pour vous.

— Fais vite !

La novice passa à la salle de bain, tandis que lui se déshabillait. Sans prendre la peine de se couvrir, il l'attendit avec impatience. Elle se présenta dans une tenue légère, appropriée au moment.

Il l'attrapa et fit, d'une préparation digne d'un homme qui déflore une novice, un acte barbare, il voulut la posséder, brutalement. Mal lui en prit. Avertie du monstre qu'il était, d'un geste vif, elle saisit le poignard qui jamais ne la quittait et lui planta en plein cœur d'une main assurée. Aucun cri, juste un râle que le planton confondit avec le plaisir. Consciente de son acte et de ce qu'elle risquait, jusqu'à cinq heures du matin, elle imita tous les cris de fantasme, poussant la chose jusqu'au hurlement : elle savait, suite aux confidences des anciennes, qu'il en était ainsi avec ce pervers. Au petit matin, elle sortit de la chambre, les cheveux défaits, le regard hagard, les vêtements déchirés. La sentinelle la regarda passer, sans un mot. Pour certains, l'uniforme n'autorisait pas tout. Longeant les murs, parcourant au plus vite les quelques kilomètres qui la séparaient de l'établissement, cette fille au caractère bien trempé rentra prévenir son protecteur. Son patron, bien que durci par sa profession, la prit dans ses bras :

— Tu nous places dans un drôle de pétrin, Léa, mais tu nous as débarrassés d'un monstre. S'adressant à sa femme :

— Germaine ! Tu prends ton manteau et tu conduis Léa chez le père Joseph. Dis-lui bien qu'elle ne peut ni sortir, ni être vue. Je viendrai tout lui expliquer. Ensuite, tu rentres directement.

Comme exigé par le capitaine, le planton pénétra dans la chambre à dix heures sonnantes. Devant lui un spectacle effrayant : son chef exsangue, les membres raidis. L'homme qui faisait trembler la population n'était plus qu'un cadavre à la face hideuse. Le soldat de faction prévint son supérieur qui déclencha directement une expédition punitive. Onze heures à peine sonnaient, il tambourinait déjà à la porte du bar :

— Où est la fille qui accompagnait le capitaine ?

— Mais elle n'est pas encore rentrée, elle est toujours chez vous.

— Non, monsieur.

Il se tourna vers ses hommes, en leur ordonnant de fouiller l'établissement de fond en comble.

— Mais que se passe-t-il ? S'enquit le patron, les yeux ronds et la voix faussement innocente.

— Votre petite garce a assassiné notre capitaine.

— Mon Dieu ! Lui qui voulait absolument la prendre elle et pas une autre !

— Possible, mais cette prostituée est une vraie diablesse. Je vous promets que nous la trouverons et qu'elle payera chèrement ce qu'elle a osé faire.

Les hommes revenaient un à un, unanimes : en dehors des autres filles qui dormaient encore pour la plupart, rien dans la maison ne révélait la présence de la meurtrière. L'homme, s'adressant au propriétaire, d'un ton glacial :

— Jusqu'à nouvel ordre, votre établissement sera fermé.

Le tenancier ne put que constater les dégâts causés par cette fouille. Malgré cela, il s'en sortait à très bon compte.

Dans le même temps, on avertissait le Général von Mannhart. On lui expliqua les circonstances exactes de l'assassinat du capitaine. Il resta de marbre devant ses soldats et pensa : « cela devait arriver un jour, cette fille a eu la volonté de réduire à néant une bête nuisible ». Il dit néanmoins d'une voix forte :

— Devant cette tragique nouvelle, je vous demande de ne pas ébruiter les circonstances de cet homicide et de faire le maximum pour retrouver cette meurtrière. Lieutenant, je tiens à être tenu au courant des moindres détails de vos recherches.

Il se retira et ordonna à Otto d'aller chercher immédiatement Alice Delhomme, dans l'aile de l'auberge qu'elle occupait avec son mari. Celle-ci arriva prestement, légèrement essoufflée :

— Que se passe-t-il très cher ?

— Le Capitaine Von Fuchs s'est fait assassiner cette nuit, je crains qu'il n'y ait des répercussions vis-à-vis de la visite prévue de votre cousine. Son nom doit être répertorié dans l'agenda des rendez-vous et je ne connais pas celui qui va prendre la relève. Demandez à votre mari de l'écarter pour un moment, le temps que tout se calme.

— Merci infiniment, sans vous, que deviendrions-nous ?

Après ce bref entretien, Alice, très agitée, se précipita auprès de son mari :

— Amory, le capitaine SS, notre invité, a été assassiné cette nuit. Le général demande que tu éloignes le plus rapidement possible ta cousine d'ici jusqu'à ce que les choses se calment.

Amory, le visage impénétrable, réfléchit quelques instants en silence, avant de déclarer :

— Très bien. Demande à Jérôme de venir me rejoindre et, toi, prends un rendez-vous pour Hortense chez ton coiffeur à 13 heures, le temps que ces renégats comprennent, elle sera en sécurité.

Jérôme, toujours aux aguets, se présenta rapidement, suivi d'Alice :

— Mon Lieutenant ?

— Préviens Hortense, elle doit partir immédiatement. Je t'expliquerai. Alice, tu as fait le nécessaire ?

— Oui, le rendez-vous est pris.

— Bien, j'aimerais que tu écrives une lettre.

Alice s'installa devant le petit secrétaire, se saisit de quoi écrire et attendit. Amory dicta d'une voix lente et assurée :

Messieurs,

La personne que je vous confie est un élément essentiel pour notre réseau. Pour une période indéterminée, vous devez la soustraire aux yeux des occupants. Mon messager vous donnera plus d'informations.

Flambeau

Alice lui présenta la missive et l'aida à signer à l'endroit requis. Il lui serra la main avec reconnaissance :

— Merci, sans toi, j'aurais bien des difficultés. Pour le général… je peux comprendre. Maintenant, dépêche-toi, nous avons déjà perdu trop de temps.

Surprise, elle le regarda. Malgré sa cécité, il avait tout compris, son attirance et sa faiblesse pour le général. Mais, au fond d'elle-même, elle savait que jamais elle ne trahirait son engagement. Quelques minutes plus tard, Jérôme et Hortense prirent volontairement l'allée centrale avec la voiture, passèrent devant le corps de garde et firent un signe amical aux soldats en faction. De la fenêtre, Alice les suivit du regard :

— Voilà, ils sont dehors.

Deux heures plus tard, Jérôme frappa à la porte du salon où il savait trouver Amory et entra dès qu'il y fut convié :

— Mon Lieutenant, tout est en ordre, elle est en sécurité.

— Parfait. Concernant ma femme, tu as déposé Hortense chez son coiffeur. Inutile de la mêler à cette histoire. Elle prend suffisamment de risque pour notre cause. Maintenant, retourne à tes occupations, si jamais l'on te questionne, sois plus innocent que jamais.

— Quand vous plaisantez, le danger est imminent. Je vous promets d'être naturel.

XV

L'auberge retrouvait à peine son calme lorsque l'on tambourina à la porte de service. Derrière elle, quatre soldats SS aux visages patibulaires et un sergent, qui d'un ton bref et sans préambule :

— Nous venons chercher madame Ducroix, veuillez l'appeler.

Jérôme, qui avait ouvert, lui répondit d'un ton calme :

— Mais, messieurs, elle est chez vous. Son rendez-vous était fixé pour 14 heures, elle s'est rendue chez son coiffeur, sachant que votre capitaine apprécie les femmes d'une certaine classe à son bras.

Avec l'assurance que tout est permis, le sergent rétorqua :

— Écartez-vous, monsieur !

Ils bousculèrent Jérôme pour rentrer dans l'auberge, puis le sergent lui ordonna de leur indiquer la chambre d'Hortense. Jérôme s'inclina :

— Suivez-moi.

Quelques escaliers, un long couloir, une porte sur la droite :

— Voilà, vous y êtes.

De rage, sans aucune précaution, voyant que personne ne s'y trouvait, ils retournèrent les tiroirs, vidèrent la garde-robe, jetèrent à terre les cadres qui ornaient les murs. C'est à ce moment qu'Alice intervint :

— Messieurs, j'ai en ligne le Général von Mannhart, il souhaite parler au responsable de cette intrusion.

Le plus gradé, toujours vindicatif :

— Où est le téléphone ?

Alice, sèchement :

— Au fond du couloir, sur le guéridon.

Le sergent quitta la chambre. Il prit le cornet, mais n'eut pas le temps de s'exprimer :

— Je viens d'être informé de votre intolérable conduite, vous êtes la honte de notre vaillante armée. Votre habit ne vous donne pas tous les droits. Je vous donne l'ordre de quitter immédiatement les lieux, de remettre tout en place et de présenter vos excuses.

— À vos ordres, mon Général.

— Je vous préviens, encore une infraction de ce genre et vous êtes bon pour rejoindre le front russe.

Le résultat fut immédiat, le sergent ordonna aux soldats de s'interrompre immédiatement et de tout remettre en place. Alice eut pitié :

— Vous pouvez laisser la chambre en l'état, le personnel va s'en charger.

Ils sortirent, moins fiers et nettement moins provocateurs. Alice recontacta le général :

— Je tiens à vous remercier sincèrement. Sans vous, que serions-nous devenus ?

— Votre cousine a-t-elle quitté la région ?

— Je sais qu'elle est sortie du domaine, mais je ne connais pas sa destination.

— Votre mari est un homme prudent, moins vous en savez, moins il prend de risque à votre sujet.

— Je le sais très attentif à mon égard.

— Si vous le voulez bien, nous reparlerons de tout ceci plus tard. Je dois veiller à ce qu'il n'y ait pas de débordements inutiles dans cette affaire.

La conversation s'arrêta là. Il raccrocha.

XVI

Le soleil descendait à l'horizon, atteignant la cime des arbres. Le calme semblait revenu dans la région. Le pépiement des oiseaux perçait à travers le feuillage. Rien ne faisait penser aux troubles environnants. Amory, guidé par le bras protecteur de Jérôme, profitait de cet instant magique. Ses responsabilités finirent par reprendre le dessus, d'une voix basse :

— Jérôme, dès que tu le peux, informe nos amis qu'ils évitent à tout prix de créer des troubles dans la région. Ils doivent retarder les sabotages et, surtout, aucune action dans un rayon de trente kilomètres. La population en souffrirait trop.

— Aujourd'hui, je crains que cela soit impossible, mais demain matin, à la première heure, je passerai le message.

— Bien, rentrons, j'ai besoin de réfléchir.

Jérôme installa son lieutenant près de l'âtre et le laissa à ses pensées. Amory commençait à s'assoupir quand des voix connues lui firent dresser l'oreille. Le général, ayant aperçu Alice qui arrosait quelques plantes sous la véranda, était venu la rejoindre. Bien qu'étouffées par la distance, les paroles étaient distinctes.

— Si vous saviez, Alice… Bien que l'occupation de votre pays ne soit pas le moment idéal, je ne peux m'empêcher de penser à vous.

— Général, je pense connaître vos sentiments à mon égard, mais, de grâce, comprenez que je me dois de respecter mon époux. Vous devez savoir qu'entre lui et moi il n'y a plus qu'une très grande tendresse et une profonde amitié. De plus, nous savons tous deux que, dès la fin des hostilités, une séparation sera inéluctable.

— Alice, vous n'êtes pas pour moi une aventure de guerre, mais en vous je rencontre la femme d'une vie. Vous devez savoir que mon épouse est décédée des suites d'un cancer. Mon deuil fut long et pénible. Depuis ce jour, aucune femme n'a trouvé grâce à mes yeux. Notre première rencontre fut pour moi une révélation. Ma vie reprenait un sens, le dernier verrou de mon deuil venait de sauter.

— Taisez-vous, mon ami… Votre comportement vis-à-vis de moi et de ma famille démontre, si besoin est, votre attachement.

Elle s'avança et, malgré sa réticence, effleura ses lèvres d'un léger baiser.

— Partez maintenant, laissons s'atténuer ces derniers événements. Voyons-nous mercredi prochain. J'aime prendre le thé à la Pergola. J'y serai vers quinze heures.

— Je vous y attendrai.

Il s'en fut, le pas léger. Alice le regarda partir, elle savait qu'elle venait de mettre le pied dans un tourbillon d'ennuis. Elle rentra dans le salon. Amory regardait dans sa direction, le front plissé et les yeux grands ouverts.

— Tu me vois ?

— Parfois des ombres, mais j'entends… bien malgré moi.

— Amory, pour toi, cela doit être inconcevable. Il est Allemand, il y a peu de temps tu le traitais de salaud, mais à ce stade je ne suis pas engagée, j'en suis aux prémices. Toi, comme moi, nous savons que notre mariage n'est plus qu'une façade, ce conflit ne sera pas éternel. En toute correction, nous aviserons.

— Je partage ta façon de voir, mais, de grâce, reste discrète.

— Je te le promets.

Sur ce, elle partit à ses occupations, lui, à ses réflexions.

XVII

Bernadette Belfond, seule avec son deuil, parcourait les pièces de sa maison, ne sachant que faire. Vu les circonstances de la guerre, l'enquête de la police sur le sabotage de la voiture de son mari ne progressait guère. Elle savait que Jocelyne, malgré sa bonne volonté, piétinait : le dossier, bien que maintenu à jour, restait dans les affaires à suivre. Elle comprenait. Les éventuels témoins, en dehors du Général Wilhem von Mannhart, se trouvaient cantonnés sur des fronts différents. Il ne fallait pas oublier, mais savoir attendre. Le visage tuméfié d'Amory Delhomme lui revint à l'esprit, elle reconnaissait que cet homme l'intriguait et ne la laissait pas indifférente. Pourquoi ne pas lui rendre visite ? Son accueil avait été des plus cordiaux et leur réconfort fut réciproque. Sans attendre, elle prit le téléphone, Amory décrocha lui-même :

— Bonjour, Bernadette Belfond à l'appareil. Puis-je, si votre emploi du temps le permet, vous rendre visite ?

Amory sentit la tristesse dans cette voix et lui répondit sans hésitation :

— Je suis cloîtré et bien seul, votre visite me ferait très plaisir.

— Merci, je viens.

Deux heures plus tard, elle se présentait à l'auberge. Ce fut Alice qui la reçut :

— Bonjour madame Belfond, mon mari m'a prévenue de votre visite, je vous conduis à lui.

Alors qu'elles arrivaient dans le salon où attendait Amory :

— Soyez gentille, appelez-moi Bernadette.

— Volontiers, mais appelez-moi Alice en ce cas. Je dois

vous laisser, je suis attendue. Amory, voici Bernadette, peut-être vous verrai-je à mon retour.

Elle s'esquiva. Bernadette se retrouva seule face à Amory, enfin le croyait-elle. La porte s'entrebâilla et la tête de Jérôme apparut :

— Pardon, je ne savais pas que vous aviez de la visite.

— Madame Belfond me tient compagnie, profites-en pour aller faire un tour au village.

— Merci, mon Lieutenant.

À peine la porte fermée, Bernadette dit d'un ton songeur :

— Cette personne est très protectionniste à votre égard.

— Oui, et plus encore.

Le « plus encore » l'étonna, mais elle ne fit aucun commentaire.

— Je suis impardonnable, je ne vous ai pas salué.

Elle s'avança, s'inclina et l'embrassa sur la joue. Il resta un moment déconcerté : rares étaient ceux et celles qui l'embrassaient, ses lésions, ses brûlures en rebutaient plus d'un. Elle n'était pas de ceux-là. Amory se ressaisit rapidement :

— En dehors de l'amitié qui me liait à votre frère, je ne sais rien de vous.

— Oh, il n'y a pas grand-chose à dire.

Amory, sur un ton badin et avec un sourire malicieux :

— À moi d'en juger.

— Je suis fille unique, mon père et ma mère formaient un couple très uni. Nous habitions dans une jolie villa non loin de chez vous, dans le hameau à côté d'Ocquier. Ma mère était professeur dans un lycée, quant à mon père, le bourlingueur de la famille, il était capitaine sur un navire marchand. Parfois, il partait de longs mois au grand dam de ma mère. Quand il rentrait, il l'emmenait dans les plus beaux restaurants de la région. Il se donnait bonne conscience, à croire qu'il rattrapait le temps perdu. Un grave accident m'a privée de leur présence.

Elle s'interrompit un instant, plongée dans ses souvenirs. Amory respecta son silence. Elle reprit la parole :

— C'est à cette période que j'ai rencontré Richard, il m'a conduite sur les plus belles pistes d'Europe, mais… sa préférée restait Francorchamps. Après quelques années d'apprentissage, je suis devenue la responsable de son stand. Nous nous sommes mariés, entourés de tous les membres de l'écurie. Des années de bonheur… puis le drame que vous connaissez. Maintenant, je crois qu'il est indispensable pour mon équilibre de connaître le pourquoi de cet « accident ».

— Si vous laissiez la justice faire son travail ? Je peux vous dire que Jocelyne fait le maximum. Sachez que, même dans une de nos réceptions, avec tact, insidieusement, elle posait des questions qui semblaient anodines, mais qui étaient très importantes pour son enquête.

— Je sais que sa réputation n'est plus à faire, elle a toute ma confiance.

— Vous êtes à la recherche d'un nouvel équilibre. Dans le métier que vous pratiquiez, vous avez dû faire preuve d'un savoir-faire peu commun. Pourquoi ne pas mettre à profit vos compétences et vos relations au service de votre pays ?

— Vous êtes en train de me dire qu'il me serait possible de participer à cet engagement ?

— Oui, il vous suffit d'entrer dans la clandestinité, si vous vous sentez prête à prendre des risques.

— Comment rejoindre ces gens de l'ombre, et qu'y ferais-je ?

— Vu vos introductions dans certains milieux, vous pourriez transmettre des messages. Approcher certaines personnes, écouter et rapporter des informations, même anodines à première vue. Voilà ce que pourraient être vos premières missions.

— Et comment m'introduire dans ce milieu si fermé, si secret ?

— Vous y êtes.

— Vous ?

Amory sourit devant la voix ébahie de Bernadette.

— Oui, vous avez ma confiance, maintenant. Vous êtes l'une des rares personnes à connaître mon implication dans le réseau de notre région et bien au-delà. Notre première difficulté vient du fait que je suis aveugle, n'ayons pas peur des mots. Jérôme, par son attachement et sa fidélité, est mes yeux, mais vu l'ampleur actuelle de nos activités, avec ses va-et-vient de plus en plus intensifs, il va finir par se faire remarquer. J'aimerais que, parfois, vous preniez le relais. Mais je dois être franc avec vous, en cas d'erreur, vous jouez votre vie.

Bernadette se tut quelques instants, réfléchissant très rapidement. C'est d'une voix ferme et décidée qu'elle répondit :

— J'accepte. En plus d'être enfin utile, cette mission me permettra de prendre du recul et de laisser derrière moi mes soucis personnels.

Intérieurement, elle pensa : « et de rester proche de vous, homme aux multiples facettes ».

XVIII

Alexandre marchait de long en large devant le commissariat où travaillait Jocelyne. Il ne savait comment lui annoncer que son patron l'avait désigné pour une des missions les plus périlleuses de sa carrière. Le responsable de la propagande allemande imposait à son journal un reportage sur le comportement des troupes face à l'ennemi. Il voulait mettre en exergue par un subtil matraquage l'inévitable victoire allemande. Pour qu'Alexandre adhère à ce projet, on employa le leitmotiv habituel : « votre audace, votre perspicacité, etc. ». En définitive, il n'avait d'autre choix que d'accepter. Il se parlait à lui-même quand Jocelyne sortit du commissariat et l'aperçut :

— Alors, tu marmonnes maintenant ! Ton air soucieux me fait peur.

— Je t'attendais.

— J'aime et je n'aime pas. Souvent, quand tu viens à ma rencontre, c'est pour m'annoncer un départ et ton attitude m'inquiète. Ai-je raison ?

— Difficile de répondre, je dois écrire un article sur les affrontements entre les troupes russes et allemandes.

— Mais tu seras en plein conflit !

— Disons que je dois être prudent et m'en tenir expressément à un rôle d'observateur. Je vais commencer par rendre visite à notre « ami », le général. La demande venant de l'état-major, il va pouvoir clarifier ce qu'on attend de moi et peut-être me donner ma destination.

— Alexandre, je te connais, promets-moi de ne pas être trop téméraire. Sincèrement, ce reportage me fait peur.

— Ne sois pas inquiète, je vais limiter ma mission au maximum. Mais, pour ton enquête sur le drame de

Francorchamps, ne dois-tu pas interroger les mécaniciens allemands ?

— Oui, mais je ne vois pas le rapport.

— S'ils sont dans une région proche de ma destination, je demanderai à les rencontrer.

Jocelyne eut un éclair dans les yeux, son homme pensait à tout !

— D'accord, mais uniquement si l'endroit où ils se trouvent n'est pas trop exposé.

Le lendemain, Alexandre rencontra le Général von Mannhart. Celui-ci lui donna des directives précises et lui promit de faire le maximum pour qu'il puisse rencontrer les éventuels témoins du sabotage de la voiture du pilote belge. Il précisa une nouvelle fois qu'il n'y avait cependant aucun soupçon à avoir les concernant.

— Mon Général, je tiens à vous remercier de votre obligeance, ainsi que de votre compréhension vis-à-vis de la ténacité de ma compagne dans cette enquête.

— Sachez, monsieur Devister, que j'admire cette détermination à vouloir clôturer cette enquête. Et concernant votre mission, soyez extrêmement prudent. Dès votre retour, revenez me voir, vous me raconterez votre vision exacte du front. Je sais qu'il vous sera impossible d'écrire la réalité.

Deux jours plus tard, Alexandre s'envolait vers une destination inconnue. Durant le vol, des tirs de DCA provoquaient des soubresauts à l'appareil. L'atterrissage, bien que brusque suite aux fréquentes réparations de la piste, s'avéra un soulagement. Une voiture blindée l'emmena et le déposa devant une casemate, où le responsable des opérations l'attendait. Malgré la proximité du front, l'accueil fut courtois.

— Bienvenue dans notre enfer, vous prendrez bien un peu de notre tord-boyaux.

— Ce n'est pas de refus.

— Je vous conseille de garder votre main au-dessus de la tasse.

Alexandre compris vite le pourquoi de la recommandation. Des tirs pilonnaient l'endroit où ils se trouvaient. La poussière descendait de partout, on lui tendit un casque, ainsi qu'un équipement spécifique à sa mission. Aucune équivoque possible, sur la poitrine et sur le dos apparaissait une inscription de couleur vive, où l'on pouvait lire « reporter ». Alexandre remercia pour ces précautions. Dans le fond du bunker, un jeune soldat, 18 ans au plus, accroupi et terrifié, tremblait. Son visage exprimait l'effroi. À cet instant, Alexandre comprit que son reportage débutait. L'officier qui l'avait accueilli le tira de son observation :

— Monsieur Devister ?

— Appelez-moi Alexandre, cela facilitera les choses.

— Parfait, à la demande du haut commandement, vous aurez pour vous conduire et vous protégez les deux mécaniciens que vous souhaitez rencontrer. Je vous rassure, ce sont des soldats d'élite, nous tenons à vous revoir en vie. Maintenant, Alexandre, je vous suggère d'aller vous reposer, vos guides et protecteurs viendront vous chercher dans une heure pour votre première sortie.

XIX

Bernadette Belfond, un livre en main, rêvassait. Amory lui manquait. Elle aurait aimé qu'il fût là, qu'elle puisse appuyer sa tête sur son épaule et sentir son odeur. Elle s'en voulait de penser à lui : il était marié à une femme extrêmement jolie et distinguée. En résumé, un couple a priori intouchable… Mais l'amour se commande-t-il ? Elle devait le revoir en fin d'après-midi, à 17 heures précises, une mission… délicate l'attendait. Pour elle, la cécité d'Amory n'était pas un obstacle, elle le voyait beau, ses lésions au visage s'atténuaient petit à petit, ses blessures devenaient un mauvais souvenir. Allait-elle enfreindre sa règle d'honnêteté ? Non, elle s'abstiendrait. Elle allait se battre pour redevenir la femme de décision qu'elle avait toujours été. L'heure avançait, la ponctualité était une exigence dans ce domaine. Elle se présenta à l'heure exacte à son rendez-vous. Jérôme la salua et, sans perdre un moment, l'introduisit auprès d'Amory :

— Mon lieutenant ? Madame Belfond vient d'arriver.

Elle s'avança, s'inclina et l'embrassa gentiment sur la joue, comme la fois précédente. Après un moment d'hésitation, il tourna la tête vers elle, chercha sa main :

— Avant de vous confier cette mission, il faut que vous sachiez dans quel contexte vous évoluez. Concevoir le vécu du couple que je forme avec Alice ne sera peut-être pas chose aisée pour vous.

Bernadette pressa la main qu'elle tenait :

— Je vous écoute.

— Lorsque vous entrez chez nous, vous ne rencontrez pas un couple ordinaire. Alice et moi avions depuis longtemps, bien avant mon accident d'aviation, décidé de nous séparer. D'un commun accord, nous avons repoussé notre divorce jusqu'à la fin des hostilités. Il est évident qu'entre nous, il existe une véritable affection et de la tendresse. Alice est un agent très efficace de notre groupe, elle récolte à haut niveau les informations nécessaires à nos actions. Certes, elle prend énormément de risques. Par sentiment ou par obligation, il lui arrive de concevoir que le lit est souvent l'endroit où l'homme se livre le plus. Concernant Jérôme, le sujet est spécial, il est mes yeux, parfois mes oreilles, mon prolongement, en quelque sorte. Maintenant, il y a vous, messagère prenant des risques certains. Pour le personnel, vous êtes une grande amie qui nous soutient dans nos malheurs. Attention, et j'insiste, le personnel n'est absolument pas au courant de nos engagements.

Bernadette médita un instant toutes ces révélations. Elle remercia Amory de la confiance qui lui était accordée :

— Vous êtes l'âme d'un réseau. Cette confidence m'effraie quelque peu, je vous l'avoue.

— Je me devais d'être clair vis-à-vis de vous. Venons-en à votre mission. Vous devrez remettre ce plan à un homme qui vous attendra à la brasserie *Le tout vent*. Il sera assis, face à l'entrée des toilettes. Vous le reconnaîtrez aisément : il est de forte corpulence, il a une canne pour se déplacer et, fait plus rare, il porte toujours un nœud papillon.

— Je connais l'endroit, il est très fréquenté et par une clientèle assez cosmopolite. Je m'y rendais parfois pour attendre Richard.

— Bien, pour vous permettre de lui remettre ce plan en toute discrétion, son journal débordera de la table. En passant, vous l'accrocherez et le ferez tomber, cela vous permettra de lâcher votre courrier dans le même mouvement. Après être passée aux toilettes, vous prendrez une consommation. C'est à ce moment qu'Alice viendra vous rejoindre. Vous discuterez un moment et vous rentrerez ensemble.

XX

Alexandre, assis à même le sol, tentait de se détendre malgré les déflagrations et les tirs d'obus omniprésents. Devant lui, le jeune soldat lui faisait pitié, son visage exprimait à n'en pas douter, les horreurs vécues. S'adressant à ce dernier, la voix du commandant se fit entendre :

— Vous êtes de ceux qui nous font honte !

À cet instant, une patrouille rentra de mission. Le commandant les interpella :

— Caporal, vos hommes et vous, dès que vous aurez pris un temps de repos, vous reconduirez à l'arrière ce poltron. Demandez à ce qu'il soit placé à l'hôpital. Je ne veux plus le voir ici. Profitez-en pour combler votre manque de sommeil.

Il ajouta, pensif :

— Demain… Oui, demain, le pire est à venir.

Dès qu'ils furent partis, le commandant s'accroupit auprès d'Alexandre :

— Dans votre reportage, évitez de parler de ce fait, ne serait-ce que pour les braves qui nous entourent.

— Je vous comprends, je n'écrirai rien à ce sujet.

— Merci. Maintenant, suivez-moi, je vais vous présenter les hommes qui vous escorteront dans votre mission. Je vous en prie, pas de bravoure ! L'important pour nous est de vous permettre d'écrire votre papier et de vous ramener en vie.

— J'ai bien compris le message, merci.

— Alors, bonne chance et revenez tous sains et saufs !

Avant de sortir de la casemate, les deux hommes ordonnèrent à Alexandre de se placer entre eux deux, légèrement en retrait, et de suivre leurs mouvements. Heureusement pour Alexandre, ce n'était pas son premier baptême du feu, car ici ce n'était qu'avalanche d'obus et de tirs croisés. Ils avançaient courbés, tantôt rampant, tantôt courant, pour enfin arriver en première ligne. Ils reprirent brièvement leur souffle.

— Nous y sommes ! Vous voyez le sergent, juste au milieu de la tranchée ? Dès qu'il lèvera le bras, l'assaut sera lancé. Le but est de prendre ce mamelon pour une raison simple. De cet endroit, l'ennemi perçoit sans difficulté les mouvements de nos troupes et, de ce fait, il peut orienter ses tirs.

Alexandre profita de ce moment de répit pour prendre quelques photos. Le sergent leva le bras, les soldats hurlèrent en sortant de leur tranchée. Alexandre les voyait courir en zigzaguant, tomber en braillant. Ce n'était que boucherie. Les mitrailleuses lourdes d'en face n'arrêtaient pas de balayer de leurs balles les abords de leur position. Devant un tel massacre, le sergent commanda la retraite. Il essaya plusieurs fois, vague après vague, sans aucun succès, de prendre le mamelon escompté. Les rescapés s'effondrèrent dans leur abri, heureux d'être là. Le sergent hurla à un officier :

— Impossible de les déloger, il nous faut l'appui des tanks !

Ce fut les dernières paroles qu'Alexandre entendit. D'un signe, ses deux compagnons lui firent comprendre que leur incursion sur le front était terminée. Sur le trajet du retour, l'homme de tête reçut une balle dans la jambe. D'un même élan, son équipier et Alexandre l'empoignèrent et parvinrent à le sortir du tir nourri des opposants. Harassés, mais soulagés, ils purent le ramener à l'hôpital de campagne. À l'intérieur, un personnel débordé par les cris de détresse, hurlements de douleur et lamentations. Alexandre, bien que durci par sa profession, regardait et n'arrivait pas à détacher les yeux de ces rangées de lits où flottait en permanence l'ombre de la mort. Prenant la main de son compagnon blessé, il se pencha vers lui et lui glissa à l'oreille, le tutoiement naturel après leur épreuve commune :

— Je sais que tu souffres, mais pense que tu rentres chez toi.

Le blessé inclina la tête, lui fit un mince sourire et murmura :

— Prends soin de toi, je veux te revoir.

À son tour, Alexandre s'inclina :

— Merci pour tout, jamais je n'oublierai.

On le tira par la manche, lui indiquant qu'il devait repartir et laisser l'homme se reposer avant son proche départ en avion, à 18 heures.

Crasseux, méconnaissables, mais vivants, les deux rescapés retournèrent à la base. Le commandant les accueillit chaleureusement, mais ne s'étendit pas :

— Bravo pour votre acte de courage, maintenant, vous repartez à l'arrière de nos positions.

Autant l'un que l'autre, ils n'attendirent d'autres explications. Au camp principal, de nouvelles directives les attendaient. Un officier les informa qu'ils avaient au plus une demi-journée devant eux : l'un pour prendre l'avion sanitaire qui décollait à 18 heures – le même dans lequel le soldat blessé devait embarquer - et l'autre pour rejoindre le front. D'un commun accord, ils décidèrent de se retrouver à la cantine. Après une douche bienfaitrice, Alexandre arriva le premier et en profita pour écrire ses premières impressions. Son compagnon de guerre le rejoignit peu après. Alexandre l'accueillit d'un sourire :

— Je crois qu'ici les repas se prennent à toute heure ?

— Oui, il n'y a pas d'horaire.

Plateau à la main, ils prirent le seul repas proposé à la cantine, accompagné d'une double bière allemande. Pendant ce court moment de détente, Alexandre en profita pour parler de l'enquête qui tourmentait Jocelyne :

— Vous souvenez-vous de la course de Francorchamps, où votre équipe a remporté la victoire ?

— Oui, impossible d'oublier, nous avons gagné à la loyale et personne, en dehors des supporters allemands, ne nous a félicités. L'assistance n'en avait que pour le drame qui s'était déroulé en début de course.

— Je comprends votre amertume. Cependant, j'aimerais vous poser une question. La soirée et la nuit qui ont précédé le départ, n'avez-vous rien constaté d'anormal ?

— Nous y avons beaucoup réfléchi, car nous aimions la façon de courir de ce jeune Belge. Personnellement, je ne peux que vous signaler la disparition du matériel suivant : une lime, une scie à métaux et quelques clefs. Nous n'avons pas fait le rapprochement avec l'accident. Par contre, mon collègue est quasiment certain d'avoir aperçu une ombre sortir de chez nous. Je vous rappelle que nos stands étaient attenants. Dans l'avion qui vous ramènera ensemble, je vous conseille de lui en parler.

— Je suis content d'avoir reçu votre témoignage, chez nous, l'enquête continue, mais est très difficile à boucler. Cette guerre a éloigné tous les participants. Notre police est occupée à d'autres tâches, souvent des plus inavouables…

— Je comprends. À la fin de cette guerre, car elle finira bien un jour, nous nous reverrons sûrement sur un circuit. Et, là, je vous promets que nous passerons ensemble l'une de nos plus folles soirées !

— Je retiens l'invitation.

Une accolade amicale clôtura ce moment de complicité.

Quelques heures plus tard, Alexandre se retrouva dans l'avion qui rapatriait les nombreux blessés. Pour eux, le front s'écartait à tout jamais. Quittant sa place, il chercha à retrouver son compagnon de tranchée. L'apercevant, il s'assit à ses côtés :

— Votre blessure n'est pas trop douloureuse ?

— Ils m'ont mis sous sédatifs, cela a fortement atténué ma douleur. Mon ami m'avait prévenu, avant votre venue, que vous espériez de notre part quelques éclaircissements sur la pénible affaire du pilote belge.

— Oui, j'aimerais entendre votre version sur la soirée et la nuit qui ont précédé la course.

— Je crains fort de ne pas pouvoir vous aider, mais à l'inventaire de notre matériel, nous avons constaté la disparition de plusieurs outils.

— Votre compagnon m'en a effectivement parlé également.

— De plus, et de cela, je suis certain, j'ai vu une silhouette quitter furtivement notre stand. Avec le reflet de la lune, j'ai eu l'impression de voir des cheveux blonds et quelqu'un de taille moyenne. D'abord, j'ai cru à l'inspection d'un vigile. Je n'en sais pas plus, mais je vous confirme que notre victoire était certaine. Le moteur de la voiture de votre compatriote ne pouvait tenir la cadence que nous allions lui imposer.

— Je pense que cette description va aider nos enquêteurs. Concernant votre suprématie, lors de ce grand prix, je suis tout à fait de votre avis. Maintenant, laissez-moi vous remercier, votre lucidité et votre bravoure à tous les deux m'ont permis de vivre la réalité du terrain.

— Nous avons été choisis pour cela. Si vous n'étiez pas venu, nous serions probablement morts à cette heure. Nous appartenions à la section d'assaut, celle qui fait la première charge, d'où pratiquement personne n'est revenu. Le destin tient à peu de choses.

Comme des frères d'armes, ils se séparèrent sur une longue accolade. Alexandre, perplexe, regagna sa place et regarda tous les blessés qui l'entouraient. Il aurait dû les haïr ! N'étaient-ils pas les représentants de ce peuple qui les avait envahis ? Pourtant, en cet instant, non. Deux de ces hommes l'avaient ramené sauf et avaient risqué leur propre vie pour lui. Dieu que ce monde est compliqué ! Mais il savait que, dès son retour, il reprendrait son activité partisane.

L'appareil fit quelques soubresauts et commença à rouler sur le tarmac. Personne pour l'accueillir. Sac et appareil photo sur l'épaule, il se dirigea vers la sortie. Une voiture officielle allemande arriva à sa hauteur et s'arrêta. Les fanions indiquaient la présence d'un haut gradé à l'intérieur. Une voix connue l'interpella :

— Monsieur Devister, montez, nous allons vous reconduire.

Le chauffeur descendit, prit son sac et son matériel, déposa le tout dans le coffre, puis lui ouvrit la portière. Alexandre se retrouva à côté du Général von Mannhart.

— Je tenais à vous accueillir personnellement, sincèrement heureux de vous revoir en vie. J'ai suivi votre déplacement heure après heure. Cette partie du front devait être en principe une des plus tranquilles, mais en moins de 24 heures tout a basculé. Je n'ai rien pu faire.

— Merci de vous être inquiété, j'avoue que cette mission fut la pire que j'ai vécue, mais, tout est pour le mieux, je suis là. Si vous avez la possibilité d'intercéder en faveur des deux hommes qui m'ont accompagné dans cet enfer... L'un d'eux m'a protégé de son corps et probablement sauvé la vie et l'autre a pris une balle à ma place.

— Je suis au courant et je vous promets d'intervenir pour eux. Revenons à votre reportage. Avant d'éditer quoi que ce soit sur votre vécu, vous devez absolument me laisser consulter votre écrit. Ma signature cautionnera le droit d'imprimer. Vous devez savoir que tous les journalistes sont répertoriés par la Gestapo.

— Je comprends Général, vous recevrez pour lecture et acceptation mon reportage.

— Apportez-moi en personne votre papier. J'aimerais entendre de vive voix ce qui se passe sur le front.

— Donnez-moi 48 heures et il sera sur votre bureau.

— En dehors de nos obligations, je me suis permis d'informer madame Delamare de votre retour. Elle vous attend.

Alexandre serra la main du général. Le chauffeur lui ouvrit la portière et lui donna ses bagages. Dès cet instant, il ne s'appartenait plus, ayant uniquement Jocelyne en tête.

XXI

Trois heures sonnaient à l'horloge de la petite église du village. Le chemin qui menait à la rue principale était désert. Les fermiers réparaient les clôtures, préparaient les moissonneuses. Les femmes s'occupaient du bétail. En dehors de quelques passants, qui d'un pas nonchalant bravaient la chaleur, le village vivait au ralenti. La place était vide. Le général, dans sa tenue estivale, attendait patiemment celle pour qui il enfreignait les règles élémentaires de la prudence. Dans cette brasserie se côtoyaient des négociants corrompus, des officiers et des renégats. Il avait choisi une table située au premier étage. Deux raisons s'imposaient à lui : éviter la promiscuité qui régnait au rez-de-chaussée et percevoir la rue d'où devait venir Alice. L'intérieur légèrement tamisé apportait une note de discrétion. Ici, il ressentait un je-ne-sais-quoi de bien-être. Ce calme, cette beauté environnante le ramenaient dans sa campagne, à son domaine où la vie se déroulait gentiment au rythme des saisons. Hélas, un petit caporal avait surgi, soulevant tout un peuple. Maîtrisant l'art de promouvoir sa politique, il les avait propulsés dans une guerre meurtrière et interminable. Retrouvera-t-il sa propriété intacte ? Ses parents vieillissants traverseront-ils ce bouleversement sans encombre ? Seront-ils toujours là pour l'accueillir ? Au loin, Alice d'un pas alerte arrivait. À sa vue, il chassa ses pensées moroses et s'attarda avec grand plaisir à la regarder. Sa robe se soulevait au rythme de la brise légère, sa main corrigeant au mieux les effets de ce vent baladeur. Tandis qu'elle montait la dizaine de marches qui les séparaient, bien des regards s'attardèrent sur les mouvements ondulants de son corps. Elle appréciait, mais pas un trait de son visage ne le montra. Elle venait pour lui, lui qui portait l'uniforme maudit et pour qui son cœur battait à tout rompre. En ces moments précieux, il ne fallait pas réfléchir, elle savait cet amour interdit et elle en supporterait les conséquences.

— Alice, ma très chère, vous regarder venir vers moi, gracieuse et féline, n'est que bonheur. Vous êtes ma nouvelle raison de vivre.

Il se pencha et de ses lèvres effleura sa main. L'assistance venait de comprendre que, ici, il ne fallait pas faire un seul faux pas. Il la fit s'asseoir. Dès qu'elle fut installée, elle brisa le silence de l'admiration, malicieuse :

— Vous avez choisi une des meilleures tables de l'établissement. À croire que vous êtes un habitué ?

Il sourit :

— Certainement pas. Mais, sortons de la banalité, parlez-moi de vous, de votre parcours dans la vie. J'aimerais vous connaître.

Alice resta un instant pensive, avant de reprendre la parole :

— Que dire ? J'ai eu une jeunesse dorée, rien n'était trop beau pour moi, mes parents m'idolâtraient. Trop peut-être ? Leur ai-je donné suffisamment de bonheur ? Depuis cette horrible journée, je me pose toujours la question. Puis vint l'exode de mai-juin 1940… Mon père conduisait, attentif à la route, encombrée de camions, de voitures et de charrettes remplies à ras bord, des enfants qui pleuraient, accrochés à la jupe de leur mère… impensable !

Elle secoua la tête, refoulant les larmes qui affluaient :

— Il y eut des hurlements, le ciel crachait des projectiles, blessant, tuant et semant la terreur. L'un deux toucha mon père en pleine tête… La voiture fit une embardée et termina sur le toit. Moi, je fus projetée à travers le pare-brise. Ma mère, hélas, succomba également à l'impact. Hébétée, mais miraculée, j'ai cherché du secours et c'est là que j'ai rencontré Amory. Il semblait venir d'un autre monde avec son casque et ses lunettes de motard. Sa présence marquera ma vie. Il me prit sous son aile. J'entends toujours ses paroles « vous restez ici, je m'occupe de vos parents, ensuite, si vous le souhaitez, vous viendrez avec moi et au campement je trouverai à vous loger». Je l'ai vu les déplacer, les réunir et les couvrir. Dès cet instant, il a acquis toute ma confiance. Il m'a rejointe, ses mots m'allèrent droit au cœur : «maintenant, ils sont ensemble… Dès notre arrivée, j'enverrai une ambulance qui ramènera vos parents. Nous pourrons leur donner une sépulture décente».

Alice fit une nouvelle pause, le regard dans le vide :

— À partir de ce jour, avec Amory, je me suis trouvée en sécurité. Il m'a trouvé un logement non loin du champ d'aviation, nous sommes devenus proches, très amis, puis follement épris. De l'amitié à l'amour, le pas fut vite franchi. Je crois que notre mariage fut une conséquence de la guerre. À la demande de ses parents, nous sommes venus nous installer dans ce havre de paix. Nous étions en plein aménagement quand son père s'effondra. Il décéda pendant le trajet qui le conduisait à l'hôpital. Sa femme, qui jamais ne le quittait, lui tenait la main, elle ne résista pas à cette séparation. Amory venait de perdre ce qu'il avait de plus cher en quelques minutes d'intervalles. Sur la pierre tombale, il fit graver simplement ces deux mots «ensemble, toujours». Encore maintenant, les murs évoquent leur présence. Au fil du temps, nous avons compris que notre union reflétait une complicité sans mesure, et non de l'amour. De là vint notre décision de nous séparer dès la fin des hostilités. Quoiqu'il se passe, je garderai toujours une épaule libre pour mon ami des mauvais jours.

La jeune femme sembla revenir à la vie réelle, son regard embué se posa sur le général face à elle :

— Voilà Wilhem, je viens de vous livrer les moments les plus sombres de ma vie. La suite, vous la connaissez : Amory est là, amoindri, mais en vie.

Le général resta perplexe, ne sachant que dire. Puis il prit sa main délicate, regarda ses yeux d'où coulaient des larmes et tamponna délicatement celles-ci avec son mouchoir.

— Ces perles de tristesse qui coulent de vos yeux… Je ne voulais pas cela, je suis sincèrement désolé.

— De toute évidence, je devais vous confier cette peine, elle fait partie de moi. Écartons ceci et parlons un peu de vous.

Elle pensa : « ainsi que du bonheur et des difficultés que nous allons devoir surmonter ».

Pendant plus d'une heure, ils ne firent plus que minauder, le « vous » se transforma en « tu », le temps passa très vite. Elle lui en fit la remarque. Il appela le garçon et régla l'addition. Elle le remercia d'une légère inclinaison. Il la précéda pour descendre les quelques marches.

— Ma voiture est garée derrière les grands platanes. Puis-je te déposer ?

— Avec plaisir.

À peine fut-elle installée qu'il l'enlaça et voulut lui faire comprendre que son amour n'était pas que platonique. Dans sa fougue, sa main s'égarait déjà sous sa robe et cherchait à écarter ses jambes. Elle dut le rappeler à l'ordre d'une voix douce, mais ferme :

— Wilhem, de grâce, un peu de réserve. Il n'est pas dans mes habitudes de me donner en public. Ton rang, ma situation de femme mariée, les convenances que j'ai promis de respecter... Un jour certainement, je serai à toi, mais pas de cette manière.

Confus, il retira sa main, respirant fort, la regarda :

— Tu dois savoir que, depuis le décès de ma femme, avant notre rencontre, je croyais qu'à tout jamais mon cœur resterait fermé.

— Je te comprends et je souhaite tout autant que toi un réel moment d'intimité. Je veux qu'il soit le reflet d'un amour sincère, et non d'une satisfaction physique.

— J'aimerais me faire pardonner. Aurais-tu la possibilité de te libérer pendant trois jours ? Je dois me rendre en Bavière, plus précisément à Ingolstadt, pour y rencontrer des hauts dignitaires de notre armée. Pour moi, ce serait l'occasion idéale de te présenter à ma famille et au milieu très fermé de notre vieille noblesse. Tu verras le Danube, il coule au pied de nos prairies, l'endroit est des plus romantiques. La Bavière est, en cette période de l'année, des plus féeriques.

— Je suis tentée de t'accompagner… Tu auras ma réponse demain, je dois d'abord en référer à Amory.

Il la déposa devant l'auberge, maints yeux regardaient de derrière les rideaux. Il était certain que, pour eux, elle était devenue dès cet instant la putain du général.

XXII

Jocelyne mourrait d'envie d'aguicher son compagnon. Elle avait soif de lui, de reprendre possession de son corps, de se donner. Mais la première nuit d'Alexandre fut cauchemardesque : des sursauts, des cris, son corps trempé de transpiration. Mais qu'avait-il vécu ? Elle posa finalement sa tête dans le creux de son épaule et caressa doucement ses cheveux, jusqu'à ce qu'il se calme. Le matin bien entamé, il s'éveilla, le regard perdu. Il tourna la tête et vit Jocelyne qui le regardait, inquiète, mais souriante dans ce décor familier. Ce fut alors le déclic, une paix intérieure s'installa en lui. Il déposa un léger baiser sur l'épaule offerte :

— Ce reportage fut atroce... Un jour, je te raconterai. Maintenant, j'ai besoin de ta présence, de ton amour et tes espiègleries.

— Tu sais Alexandre, cette nuit, tu n'as pas arrêté de soliloquer. Tu m'as fait peur.

— Je suis désolé de t'avoir fait partager ces moments d'angoisse. Il me reste à écrire mon papier pour cette fin d'après-midi et à le transmettre au général.

— Compris, je te laisserai travailler. Je vais en profiter pour me rendre au bureau, afin de voir si Marc-Antoine n'a pas besoin de moi. J'espère que tu auras terminé quand je rentrerai ?

— Promis, mais… ne roule pas trop vite, prends ton temps et arrête-toi pour choisir un livre.

La phrase de trop. Elle ôta son épaule qu'il occupait toujours et bondit sur lui, sourire ravageur aux lèvres. Elle se mit à califourchon sur lui, déboutonna le haut de son pyjama, promena sa bouche sur son corps, descendit, descendit puis… commençant à sentir sous elle l'éveil de la nature, elle eut l'audace de dire, l'œil égrillard :

— La suite pour ce soir mon chéri, après ton entrevue.

Elle s'enfuit en riant, lui resta penaud, mais non surpris. Il retrouvait sa Jocelyne, candide, effrontée, pudique… parfois. Mais ô combien aimante, femme et maîtresse à la fois ! Il se réajusta et se leva. Après une douche rapide, il se mit au travail, une mixture chaude à l'arôme de café posée sur le bureau. Le texte se devait d'être clair, concis, proche de la vérité, tout en ne froissant pas la susceptibilité de l'occupant nazi. Quelques heures plus tard, Jocelyne rentra, un bouquin à la main et quelques victuailles du fermier voisin. Lui se tenait devant la porte, serviette sous le bras, prêt à sortir. Il s'inclina :

— Madame, le général attend votre serviteur. Plus sérieusement, j'ai laissé sur mon bureau un résumé des entretiens que j'ai eus avec les deux mécaniciens de l'écurie allemande. Je pense que certains détails devraient t'intéresser.

Gentiment, elle l'embrassa :

— Merci… Reviens vite !

Peu après, il se trouvait devant la grille de l'auberge et subissait une fouille approfondie avant de pouvoir rejoindre son interlocuteur. Parvenant enfin dans son bureau, il s'exclama :

— Bigre ! Général, à croire que tous vos invités sont de dangereux malfaiteurs !

— Monsieur Devister, je suis navré de ce désagrément, mais il faut comprendre nos sentinelles. Il leur est impossible en cette période de discerner l'ami de l'ennemi.

— J'en conviens. Toutefois, j'espère que vous me classez du côté de vos relations… disons, fréquentables.

— J'aime la finesse de votre langage. Vous différenciez nos positions avec gentillesse et élégance. Mais sachez que, si je fais fi de cette guerre, j'aimerais vous compter parmi mes amis à venir.

— J'en serais très heureux.

— Venons-en à la raison de votre visite. Avez-vous votre article ?

— Le voici, je pense avoir évité les écueils d'un tel travail.

Le général s'installa dans un fauteuil confortable et invita Alexandre à faire de même.

— Avant de lire le résultat de votre mission, sans subterfuge, donnez-moi votre avis sur votre vécu là-bas. Personnellement, je n'ai reçu qu'un rapport très succinct stipulant une perte trop importante en hommes et en matériel à cause de l'incompétence du capitaine qui commandait la manœuvre. Je peux vous assurer que rien de ce qui se dira dans cette pièce n'en sortira. Et même si la vérité est difficile à entendre, je ne garderai aucun ressentiment vis-à-vis de vous.

Alexandre hésita un instant, puis se lança. D'un ton qu'il s'efforçait de garder neutre, il confia ses plus intimes impressions. Il insista sur la présence d'enfants sur le front et sur l'impression désagréable qu'il avait eue de celui qui les commandait. Il termina par une phrase simple, mais lourde de conséquences :

— J'ai entendu le chef du bunker hurler qu'il n'avait pas demandé des enfants avec un fusil, mais des troupes fraîches. Général, en plus de l'inaptitude des recrues de la dernière minute, à aucun moment je n'ai reconnu l'Allemagne conquérante.

Le général blêmit :

— Merci de votre franchise, votre analyse rejoint celle de plusieurs de nos généraux. J'espère toutefois un redressement de la situation ; notre jeunesse ne mérite pas d'être sacrifiée. Je comprends pourquoi vous excellez dans votre profession. Voyons maintenant si vous n'avez pas enfreint la ligne éditoriale imposée.

La lecture s'effectua dans le plus grand des silences. Après avoir paraphé toutes les pages et apposé sa signature, il rendit les feuilles à Alexandre et lui dit :

— Vous avez l'art d'éviter les mots qui fâchent. Heureusement que vous avez eu la correction de me donner verbalement votre analyse de la situation.

Il clôtura l'entretien en proposant un verre de vieux cognac de derrière les fagots. Ils trinquèrent à la paix, d'où qu'elle vienne. Peu après, il appela son aide de camp :

— Otto, reconduisez monsieur Devister.

Il serra la main d'Alexandre et plaisanta :

— Ne changez rien, ni dans votre article, ni dans votre manière de vivre et… sachez qu'en sortant vous ne serez pas fouillé !

Le général ne savait pas qu'il avait devant lui un membre actif d'un des réseaux qui lui causaient le plus de soucis.

XXIII

Jocelyne lisait et relisait les notes d'Alexandre. Il avait raison, le nœud du problème se trouvait sous ses yeux, mais elle n'arrivait pas à le décoder, ce détail qui devait lui donner la solution. Elle décida de retourner à la brigade. Marc-Antoine, avec sa grande expérience, l'aiderait peut-être à suivre le fil conducteur qui lui permettrait de trouver l'homme ou la femme fantôme de ce triste grand prix. Quand elle arriva au poste, un monde fou occupait les couloirs. Une fois de plus, les dénonciations avaient fonctionné : SS et collaborateurs avaient le sourire, la prise était des plus intéressantes. Vanité et sadisme se reflétaient sur leur visage. Les policiers, tout du moins certains, faisaient le maximum pour éviter les internements qui, sans aucun procès ni défense possible, envoyaient les « accusés » dans un de ces trains de l'éternité. De son bureau, Marc-Antoine observait l'activité qui régnait dans les couloirs, interpelant parfois certains de ses agents pour leur rappeler l'impact de leur décision. Jocelyne entra dans cette mêlée, où un tri commençait à se faire. La voix de Marc-Antoine tonna à travers le brouhaha :

— Jocelyne ! Viens me voir immédiatement !

L'intonation perçue ressemblait plus à une prière qu'à un ordre. Elle appréciait au plus haut point son supérieur, elle savait que, quelles que soient les circonstances, elle pouvait toujours s'appuyer sur lui. Sa confiance lui était acquise. La main tendue, il l'entraîna à l'intérieur de son bureau, un local terne aux murs d'un blanc défraîchi avec les années contenant pour tout mobilier deux tables, l'une faisant office de bureau personnel et l'autre, plus grande, servant davantage pour les réunions. Pour toute décoration, la pièce n'affichait qu'un grand tableau qui pour le moment servait à épingler les photos du drame de Francorchamps, ainsi que celles des témoins potentiels. La misère de la guerre, en somme. Marc-Antoine lui demanda ce qui la ramenait pour la deuxième fois de la journée au commissariat. Jocelyne expliqua :

— Comme je te l'ai dit ce matin, Alexandre est rentré très éprouvé par ce qu'il a vécu. Concernant notre enquête, il nous a fourni de nouveaux éléments, je n'arrive pas à les décrypter, ni à les relier aux maigres éléments qui sont en notre possession.

Une lueur s'alluma dans les yeux de son chef. Il lut plusieurs fois les notes d'Alexandre qui transcrivaient les paroles des deux mécaniciens, comme Jocelyne l'avait fait. Il savait qu'Alexandre n'avait rien éludé. Il leva la tête, regarda Jocelyne :

— Je souhaite que tu reprennes tous les articles de presse de l'époque de l'accident, les photos prises sur le circuit, ainsi que celles prises lors de l'enterrement. Dans ce méli-mélo, tu dois retrouver la pièce manquante. Maintenant, espérons que nos chers amis les fridolins n'aient pas détruit nos archives…

— Parle plus bas Marc-Antoine, les murs ont des oreilles.

— Je sais Jocelyne, mais te rends-tu compte de ce que j'endure pour répondre aux demandes de ces messieurs, tout en restant du bon côté ? Parfois, j'ai envie d'exploser.

— Je te comprends. Si tu m'y autorises, je descends aux archives et je remonte le maximum de documentation. Je vais m'installer dans ton bureau sur la grande table. Si je trouve des éléments intéressants, je complète notre tableau de travail.

— Tu es chez toi. Moi, je vais tâcher de limiter les internements.

Marc-Antoine sortit en bougonnant, Jocelyne ne put s'empêcher de sourire du visage boudeur de son chef. Les archives étant au sous-sol, pendant plus de deux heures, elle ne fit que des allers-retours. Aussi, quand elle regarda le tas de dossiers poussiéreux qu'elle allait devoir examiner, elle décida qu'à chaque jour suffisait sa peine. Elle referma la porte, pressée de rentrer et de retrouver Alexandre.

XXIV

Le soir tombait. À travers le brouillard montant, du haut de la falaise, l'on percevait à peine le mouvement tranquille des chalands. Beau était ce spectacle, et belle était cette Meuse aux vaguelettes inoffensives. Alice détourna les yeux de cette beauté mouvante qu'elle communiquait au mieux à Amory. D'un commun accord, elle le ramena dans cette pièce de charme qu'était leur petit salon. Un feu ouvert, où en cette saison crépitaient des rondins aux parfums de forêt, les accueillit. Des couleurs nuancées se dégageaient de l'âtre et créaient une ambiance douce et feutrée. Le mobilier très dépouillé se résumait en un divan et deux fauteuils d'un rouge passé, façon dix-huitième siècle. Aux murs, quelques anciens tableaux d'artistes inconnus complétaient l'ensemble. Amory s'installa dans le siège qu'il appréciait le plus. Alice s'assit à même le sol, le dos appuyé contre les jambes de son mari. L'ambiance était aux souvenirs des tendres instants passés, ainsi qu'aux confidences. Elle interrompit ce moment de quiétude pour exprimer ses craintes en l'avenir :

— Amory, où allons-nous ? J'ai peur.

Il passa la main dans ses cheveux à la manière d'un grand frère et la rassura :

— Écoute, quoiqu'il arrive, rien ne nous séparera. Trop de choses nous unissent. Parle-moi de ton dernier entretien avec le général.

— Il est mon plus grand souci. Il porte l'uniforme maudit et je ne peux m'empêcher d'être attirée par lui. Crois-moi, je lutte de toutes mes forces, je n'arrive pas à comprendre le pourquoi et le comment de cette attraction.

— Alice, cela s'appelle l'amour. Et l'amour n'a ni préjugé, ni frontière. Maintenant, soyons pragmatiques. Pour la sécurité du groupe, il y a deux possibilités : soit je t'écarte de nos actions, sachant que jamais tu ne révéleras tes implications en tant qu'indicatrice, soit tu continues le chemin de la liberté avec nous, sans ignorer les difficultés que tu auras plus tard vis-à-vis du général.

Elle n'eut aucune hésitation :

— Nous avons parcouru trop de chemin ensemble et, adviendra ce qu'il adviendra, je reste à tes côtés.

Il resta un moment pensif, puis soupira :

— Revenons-en au début de notre conversation.

Sans faux-fuyant, elle entra dans le vif du sujet :

— Wilhem souhaite m'inviter pour un week-end prolongé en Allemagne. Il voudrait me présenter à ses parents et, par la même occasion, me faire assister à un gala organisé au profit des grands blessés. Y assisteront tous les dignitaires, ainsi que le haut état-major de l'armée.

— Si tu veux bien laisser traîner tes oreilles, il est presque certain que tu récolteras des informations non négligeables… Je te fais confiance, mais au moindre faux pas, tu es condamnée. Là-bas, je n'aurai aucune possibilité pour te venir en aide.

— Je crois en lui, en son amour. Il évitera de me mettre dans des situations critiques, sa réputation est en jeu. Même vis-à-vis de moi, à ce jour, il a respecté la mémoire de sa femme. Puisque nous en sommes aux confidences, Amory, que peux-tu me dire au sujet de Bernadette ?

L'expression du visage couturé changea :

— Je crois en effet qu'un lien se crée entre nous. Mon infirmité semble ne pas la contrarier.

— Je ne vais pas t'en faire une description, mais je puis t'affirmer qu'elle est ravissante, attentionnée, et femme de caractère. D'ailleurs, ses antécédents le démontrent.

— Ce portrait d'elle me fait peur. Ses prises de décisions sont trop rapides. Ses jugements s'en ressentent.

— Il faut dire à sa décharge que sa responsabilité sur le stand de course de son époux l'obligeait à sérier les problèmes en un temps record. Évite de l'exposer, c'est à toi de bien cerner ses missions. Plus tard, j'aimerais m'en faire une amie…

Il sourit. Elle sortit pour téléphoner et confirmer sa participation au gala. Quand elle vint le rejoindre, il s'était assoupi. Elle le regarda dormir, attendrie, avant de s'enfoncer dans ses pensées.

XXV

Très inquiet, Amory craignait les conséquences possibles de ce week-end. Toujours est-il que la ponctualité allemande, une fois encore, s'avéra justifiée. La grande horloge sonnait à peine dix heures que le Général von Mannhart frappait à la porte. Plus bas attendaient une voiture et son chauffeur. Amory accueillit courtoisement le général et, sans préambule, voulut aborder le sujet de ce week-end qui le préoccupait. Ce dernier ne lui en laissa pas le temps :

— Avant toute chose, je tiens à vous remercier pour la marque de confiance que vous me témoignez. Si je me suis permis d'inviter votre épouse, c'est parce que, lors d'une de nos conversations, Alice m'a confié que seule cette guerre et ses désagréments avaient maintenu votre mariage.

— Je ne sais comment Alice vous a présenté notre situation, mais quelle que soit votre interprétation sachez que, pour moi, cette séparation me préoccupe beaucoup, dans les circonstances actuelles. Son insistance à être à vos côtés a fait que j'ai cédé à sa demande. Je vous la confie et vous en rends en tout point responsable. Vous comprendrez que le divorce prochain ne nous empêchera pas de rester unis en l'avenir.

Alice apparut, suivie de Jérôme qui portait les bagages. Le chauffeur s'empressa de les ranger dans le coffre. Alice se tourna et tendrement serra Amory contre elle :

— N'aie crainte, quoi qu'il se passe, il me protégera.

Elle monta dans la voiture. Wilhem se tourna vers Amory et en le saluant ajouta :

— Sur ce que j'ai de plus sacré, vous pouvez croire en mon amour pour Alice.

Il monta à son tour dans la voiture et donna l'ordre au chauffeur de démarrer. Il s'inclina vers Alice, embrassa gentiment sa main :

— Je comprends que tu lui aies confié ta vie, cet homme est une vraie personnalité.

Elle lui sourit :

— Je sais.

Câline, elle posa la tête sur son épaule. Le voyage, bien que perturbé par des bombardements incessants, se passa sans encombre. L'Allemagne commençait à souffrir des effets de la guerre. Wilhem se faisait une joie de rentrer chez lui. Revoir sa famille et son domaine le rendait heureux et soucieux à la fois. Les gens n'avaient plus le même regard. Les vieux n'étaient plus là, les jeunes les avaient rejoints sur le front. Où était-il, le temps des promesses ? Les parents de Wilhem furent très heureux de revoir leur fils. Envers Alice, ils furent d'une courtoisie forcée. En voyant l'amour démesuré de son fils envers cette femme, la mère s'humanisa et, le soir même, elle vint s'asseoir au côté d'Alice sous la véranda. Elle laissa parler son cœur de mère, livra les détails de la mort de la femme de son fils, le vide qu'elle avait laissé et la peine incommensurable de Wilhem. Elle regarda Alice, dont les yeux étaient noyés de larmes :

— Alice, mon fils a énormément d'amour pour vous, ne le décevez pas.

Elle se leva, embrassa Alice et rentra. La glace était rompue, elle prenait place au sein de la famille.

Le soir de la réception, Wilhem, dans son costume d'apparat, parlait avec son père et attendait patiemment Alice. Celle-ci, habillée de blanc avec pour seul bijou un collier fin orné d'un petit diamant, descendait les escaliers, le regard fixé sur son bien-aimé. Le père ne put s'empêcher de l'admirer et de glisser à l'oreille de son fils :

— À croire qu'Aphrodite est revenue parmi nous.

Wilhem sourit et s'empressa de poser une cape sur les épaules d'Alice. Dehors, le chauffeur attendait patiemment, portière ouverte, leur bon vouloir. Ils le rejoignirent. Derrière les rideaux, quatre yeux les regardaient partir. Sur les joues de la mère coulaient des larmes.

— Qu'ils sont beaux !

Plus terre-à-terre, son mari répondit :

— Oui, en ce moment, ils sont heureux, mais je n'ose penser à l'avenir.

— Tais-toi, laissons-les profiter de cet instant.

— Tu as raison.

Ils laissèrent les rideaux retomber et retournèrent à leurs occupations. Pendant le cours trajet qui les séparait de la réception, Alice et Wilhem s'échangèrent juste une légère pression de mains et quelques paroles anodines. Le chauffeur, dans sa tenue des grands jours, arrêta la voiture au pied du grand escalier. Cérémonieusement, il ouvrit la portière pour permettre au général de descendre puis s'empressa auprès d'Alice. Wilhem tendit la main et aida au mieux sa compagne. Sans émotion apparente, celle-ci ajusta sa cape et prit son bras pour monter les marches qui menaient à l'entrée. Les regards masculins suivaient les mouvements de ce corps magnifique qui dévoilait son élégance et sa pureté. Elle était simplement divine. Conscient de cet état, Wilhem appréciait les rappels à l'ordre de ces dames à leur cavalier. De la salle de réception parvenait un bruit de voix confus. Une musique légère atténuait le brouhaha. En tant qu'habitué à ce genre de soirée, il se tourna vers Alice et la prévint :

— Je sais que tu vas avoir des moments difficiles ce soir. Aussi, si la moindre chose te contrarie, fais-moi un petit geste et je trouverai le moyen de nous sortir de ce beau monde gangrené de parvenus. La seule raison de participer à ce gala de bienfaisance est qu'il me permet de rencontrer en toute discrétion un comité de généraux. Mais ne crains rien, mon absence sera des plus courtes.

— Ne te fais pas de souci, je survivrai.

Il retint un sourire en apercevant une dame d'une certaine corpulence s'avancer vers eux. Sans aucun complexe, elle dévoilait une gorge profonde aux seins lourds. Sa robe longue, ses cheveux relevés lui donnaient l'aspect d'une noble du XVIIIe siècle. On la sentait heureuse de revoir Wilhem :

— Que je suis contente que tu sois venu ! Friedrich m'avait prévenue, mais avait laissé planer un doute. Vraiment ravie que cette réception nous réunisse. Mais, tu manques à tes devoirs, présente-moi cette belle créature !

— Alice, voici ma meilleure amie, Anke. Nous nous connaissons depuis l'école. Nous avons fait pratiquement le même parcours, que ce soit pour les études ou dans la vie. Seule la guerre nous a séparés.

Dès le premier regard, Alice ressentit de l'altruisme chez cette femme, elle lui adressa donc son plus franc sourire et dit simplement :

— J'espère être à la hauteur de votre amitié.

Wilhem observait les invités et aperçut le mari d'Anke :

— Mesdames, permettez-moi de rejoindre Friedrich, nous devons prendre le temps de nous concerter sur les prochains mouvements de nos troupes.

— Tu peux nous laisser, preux chevalier, si le devoir t'appelle. Je vais en profiter pour présenter ta compagne à nos amis.

Elle entraîna Alice vers les personnalités les plus intéressantes. Puis, malgré sa corpulence, elle se faufila afin de trouver un endroit tranquille, impatiente de questionner Alice sur le comment et le pourquoi de cette rencontre étonnante avec son ami d'enfance. Gentiment, Alice satisfaisait la curiosité de l'amie de Wilhem. L'entretien était des plus amicaux, rempli de rires et de sous-entendus. Un petit groupe de personnes s'était formé auprès de leur table, l'une d'elles s'exprimait à voix haute, sans crainte :

— Notre section a localisé un groupe de maquisards en région liégeoise, nous sommes en train de préparer une embuscade.

— Où se trouvent-ils ?

— Dans les bois qui surplombent la Meuse, je crois que le patelin s'appelle Ocquier. D'ailleurs, je vais profiter de la présence du Général von Mannhart pour l'en informer. Il sera des plus heureux d'être débarrassé de cette vermine qui lui pourrit la vie.

Alice, attentive, n'avait manqué aucune parole et tentait de conserver un visage impassible. Comment informer Amory ? Le retour de Wilhem et de Friedrich ramena un peu de calme dans ses pensées. Peu après, le général proposa à Alice de participer aux enchères. Les lots venaient de donations et n'avaient, en dehors de quelques-uns, qu'une valeur très relative. Force fut pour Alice de reconnaître que tous les objets, indistinctement, partaient pour des sommes excessives. Ennemis certes, mais attentifs au bien-être de leurs blessés. La fin de soirée approchait, Alice et Anke prévoyaient déjà de se revoir, Wilhem intervint :

— Malgré la satisfaction que j'ai à être avec vous mes amis, le moment est mal choisi pour prévoir une nouvelle rencontre. Anke, Friedrich t'expliquera.

De retour au domaine, il dit simplement à Alice :

— Si je n'ai pas accepté cette invitation, c'est qu'en très peu de temps le monde risque de changer et que notre présence serait inopportune.

Elle ne demanda aucune précision, l'information qu'elle avait recueillie la tracassant suffisamment. L'obscurité la plus totale les entourait quand le chauffeur les déposa au domicile des parents. Arrivée dans le hall, elle enleva ses chaussures pour éviter le bruit de ses talons. Elle chuchota :

— Cela me rappelle ma jeunesse, lorsque je rentrais tard.

Il lui tendit la main pour monter les quelques marches qui les séparaient de leur chambre. Là, tous les deux exténués, ils ne firent ni la causette, ni l'amour.

Le lendemain au petit déjeuner, Alice semblait soucieuse. Wilhem lui demanda ce qui la tracassait. Alice soupira et lui sourit pour le remercier de son attention :

— Je voudrais rassurer Amory, le connaissant, je le sais très inquiet.

— Suis-moi, il y a un téléphone dans le bureau de mon père.

Il se retira et ferma discrètement la porte. Elle attendit patiemment que la communication se fasse. Ce fut Amory qui décrocha, elle se lança dans un monologue d'une voix un peu fébrile, mais basse :

— Amory, un petit bonjour et te dire que ce week-end se passe à merveille. Les parents de Wilhem sont des gens charmants et la soirée fut des plus réussies. Pourrais-tu dire à Jérôme ceci : *on n'sareût lèyi nos compères divins les bois bodjîz lès tot dreût* [1]. Tu vois, je connais encore un peu de notre dialecte !

— « Un peu » est l'expression exacte, mais je passe le message à Jérôme pour les plantations. Remets mon bonjour à Wilhem et profite bien du temps qu'il vous reste.

Cette dernière journée se passa de façon fort agréable, longue promenade familiale, où seul le bruit de la petite cascade troublait le silence d'une campagne endormie. Le départ approchait, la tristesse s'installait, leur fils de nouveau allait repartir. Pour éviter de prolonger ce pénible moment, il décida de brusquer le départ.

— Alice, tes bagages sont-ils prêts ?

---

1 Expression en wallon signifiant : on ne peut pas laisser nos amis dans les bois, il faut les faire partir de suite.

— Oui, je suis prête.

— Papa, maman, la route est longue et j'aimerais arriver avant la nuit.

Sur ce, il informa son chauffeur de se tenir prêt. Le père étreignit son fils et embrassa Alice. La mère regarda son fils, versa une larme et bredouilla quelques paroles :

— Sois prudent et reviens-nous.

— Promis, mais, vous, prenez bien soin l'un de l'autre.

On a beau être un général, on reste un fils.

XXVI

En entendant la voix d'Alice, Amory avait pressenti l'urgence de la situation, il devait agir rapidement. L'inquiétude se lisait sur son visage. Il appela Jérôme, qui malgré l'heure matinale, répondit directement :

— Oui, mon lieutenant !

— Viens et ferme la porte.

Une fois que Jérôme fut prêt de lui et qu'il eut entendu la porte claquer légèrement, il continua :

— Je viens d'avoir Alice au téléphone. Elle nous prévient que les SS préparent l'encerclement de nos maquisards. Il faut absolument les informer, ils doivent rejoindre le point 2 et s'y tenir. Il y va de leur sécurité. D'après les renseignements qui me parviennent, le pays ne tardera pas à être libéré. Aussi, il est temps qu'ils sachent que c'est grâce au travail d'espionne d'Alice que nous avons obtenu cette information qui va probablement leur sauver la vie. Tu sais, même dans nos cuisines, certains sont à la limite de cracher sur son passage et n'hésitent pas à la traiter de putain.

— Croyez, mon lieutenant, que le message passera. Résistants ou pas, s'il le faut, je leur botterai le cul pour qu'ils comprennent !

Amory se permit de sourire et reprit :

— Pour cela, tu as toute ma confiance. Je te demande de redoubler de prudence, les opposants deviennent de plus en plus nerveux.

— Merci, pour les rejoindre, je vais prendre le chemin des chèvres.

En prenant ce sentier ardu, Jérôme se sentait en sécurité. Dès qu'il arriva, il se dirigea vers le responsable, un brave de la première heure. Il exposa l'urgence de la situation. Tout en aidant au déménagement, il expliqua que les informations de cette importance, ils les devaient au dévouement de la femme d'Amory et insista sur son rôle prépondérant. L'homme qui était à la tête du groupe répondit qu'il allait passer immédiatement le message aux autres et les réunit. Ce qu'il fit, sans mâcher ses mots. Certains regardaient en l'air, d'autres leurs chaussures. Il termina ainsi :

— Dès que vous en aurez la possibilité, sans entrer dans le détail, avertissez vos familles et demandez-leur de cesser de propager ces rumeurs ignobles. Toi, Jérôme, préviens celui qui nous dirige et rassure-le. Le jour de la libération, nous serons là pour la protéger.

Jérôme opina et s'adressa à tous :

— Merci les gars, prenez soin de vous.

Il ne rencontra aucune difficulté pour le retour. La journée était déjà bien avancée. Dans son fauteuil, Amory patientait. L'oreille aux aguets, il n'entendait que le bruit d'une tronçonneuse qui troublait le silence de la forêt. Jérôme le surprit en pleine méditation :

— Tout est arrangé mon lieutenant. Et voici une visite qui devrait vous faire plaisir.

Il s'écarta pour laisser passer Bernadette.

— Je ne dérange pas ?

Le visage d'Amory s'éclaira :

— Au contraire, ta présence me comble de bonheur.

Elle s'avança et l'embrassa furtivement sur la joue. Il s'assombrit à nouveau, pressentant une mauvaise nouvelle.

— Bernadette, j'ai l'intuition que tu as un problème. Est-ce le cas ?

— Je n'osais pas t'en parler... J'ai l'impression d'être suivie.

— Impression ou certitude ?

— Hier, en sortant de chez moi, j'ai remarqué un véhicule avec deux hommes à l'intérieur. Encore aujourd'hui, lorsque j'ai pris ma voiture, dans mon rétroviseur, je les ai vus démarrer et me suivre. Je me suis garée sur la place du village, je suis entrée dans la boulangerie, chez Antoinette et, là, j'ai pris mon colis avec du pain, du sucre et un peu de beurre. Je sais que je contourne les règles de l'approvisionnement, mais que faire ?

— Nous avons la chance d'habiter dans un endroit moins fréquenté, où le petit commerce arrive à trouver des formules rentables pour eux, mais qui nous permettent de survivre. Sache que nous sommes là pour t'aider si nécessaire.

— Merci beaucoup, mais jusqu'à présent, je m'en sors.

— Pour en revenir à tes deux mouchards, ils t'ont vue sortir avec tes achats ?

— Je pense, oui.

— Il va falloir t'éloigner un moment. Ils n'attendent qu'un faux pas de ta part. Nous allons organiser ton départ. Va dans la chambre d'Alice et emporte tout ce dont tu auras besoin pour tenir plus ou moins une semaine dans la forêt avec nos amis, mais essaye de ne pas trop t'encombrer. Jérôme ?

Resté en retrait jusqu'ici, ce dernier s'avança, tandis que Bernadette sortait précipitamment.

— Mon lieutenant ?

— Dès que Bernadette est prête, tu la conduiras auprès de nos partisans et tu précises qu'elle devra rester sous leur protection pendant au minimum une semaine. Je suis désolé de t'imposer à nouveau ce trajet pénible aujourd'hui.

Ils discutaient à voix basse quand, petit sac à la main, Bernadette vint les rejoindre :

— Ne risques-tu pas que l'on vienne te questionner ?

— Probablement. J'alléguerais que tu es venue nous prévenir de ton départ, car tu ne supportais plus la solitude et que tu envisageais de t'installer à Bruxelles, où habitent des membres de ta famille. Maintenant, partez vite, avant que la nuit ne vous empêche d'y voir clair sur le chemin.

Malgré la présence de Jérôme, Bernadette prit son courage à deux mains, se pencha et embrassa longuement Amory. Celui-ci lui murmura avec tendresse :

— Sois prudente, je veux te retrouver et t'aimer comme tu le mérites.

Il éteignit les lumières pour leur permettre de sortir discrètement par l'arrière du bâtiment, alors que les ombres de la nuit commençaient à arriver.

XXVII

Le lendemain, au petit matin, Jocelyne secoua doucement Alexandre, sept heures sonnaient à l'église du village.

— Il est temps de te lever. Le petit-déjeuner est prêt.

— Jocelyne, je suis en phase repos aujourd'hui. De grâce, un peu de farniente nous ferait le plus grand bien.

— Parle pour toi, mon chéri ! Un homme, dans toute sa puissance, doit récupérer. La femme, elle, assume sur tous les fronts, boulot, entretien de la maison, sans compter les fantasmes de monsieur. Je reconnais que, sur ce dernier point, en dehors d'une satisfaction de… très courte durée, je n'en tire aucune fatigue.

Il lui lança l'oreiller à la tête :

— D'accord, j'abdique et je viens prendre mon petit-déjeuner avec toi.

D'un bond, il fut debout. L'odeur du pain grillé parfumait le hall et lui titillait les narines. Une fois installés tous deux, il lui demanda :

— Mais, ma chérie, pourquoi de si bon matin ?

— Ho, j'ai simplement deux tonnes de journaux à examiner ! Nous essayons de trouver un reportage, un croquis, une photo ou même un simple mot qui corroborerait ton rapport.

— Veux-tu que je t'accompagne ?

— Non, repose-toi. Je rentrerai peut-être assez tard, j'ai hâte de trouver le lien qui nous manque. Après une journée de repos, j'espère que cette nuit tu seras en mesure de jouer les prolongations !

Marc-Antoine s'affairait déjà au bureau, Jocelyne fut surprise de sa présence aussi matinale.

— Diable ! Ta femme t'aurait-elle mis dehors ?

Mais son chef n'était pas d'humeur à plaisanter :

— Non, mais je suis comme toi, je veux trouver le coupable. Alors, avant que ces messieurs du rez-de-chaussée ne viennent m'enquiquiner, je vais examiner les journaux avec toi et je vais de ce pas nous chercher deux cafés au mess de nos occupants.

Devant leur tasse fumante qu'ils remplissaient à nouveau dès qu'elles étaient vides, ils parcouraient les journaux un à un. Ils dépliaient, ils lisaient, ils repliaient. Ainsi passa la plus grande partie de leur journée. Le découragement s'installait, quand Marc-Antoine s'exclama :

— Jocelyne, écoute ça !

Il commença à lire :

— « Au cours de son enquête, notre reporter a rencontré monsieur Disparosso Joseph, ami intime de Paul Delvigne, le second pilote belge. Celui-ci aurait déclaré que "Flèche d'argent" n'accepterait pas la place de premier pilote pour le prochain grand prix. Il avait en outre décidé que seule madame Belfond pourrait le faire changer d'avis ». Regarde, voici une photo du pilote en question, le casque sous le bras.

Jocelyne observa le cliché. L'opulente chevelure de l'homme laissait paraître une ligne centrale colorée, aux reflets blonds. Marc-Antoine avait une note d'enthousiasme dans la voix, que sa collègue n'avait pas entendue depuis très longtemps :

— C'est le lien qui nous manquait ! Il corrobore les informations récoltées par Alexandre.

— Tu marques un point, nous devons reprendre notre enquête à ses débuts et considérer ce pilote comme un éventuel coupable potentiel.

— Nous avons de la chance, ce journal édite toujours. Demain matin, nous irons leur rendre une petite visite.

Le lendemain, à huit heures précises, ils se trouvaient devant le bureau de monsieur Lardinois, le directeur du journal. Bien qu'un peu surpris, celui-ci les reçut sans attendre.

— Cher monsieur, je suis Marc-Antoine de la Buissonière, inspecteur principal à la criminelle, et voici ma collègue, Jocelyne Delamare. Nous enquêtons sur un fait que l'un de vos reporters a suivi de près. Nous aimerions le rencontrer. Voici l'article qui nous intéresse.

Le directeur examina la chronique, s'ensuivit une légère contrariété qui s'exprima sur son visage :

— Je vais devoir vous décevoir, il a été tué alors qu'il photographiait une descente dévastatrice de stukas sur une population en déroute. Toutefois, monsieur Disparosso, dont on parle dans l'article, est toujours en vie.

— Savez-vous où nous pourrions trouver ce monsieur ?

— Absolument, en sortant de nos locaux, vous prenez à droite. À la prochaine intersection, vous verrez un petit café, c'est là qu'il se rend pour prendre son apéritif matinal. Rares sont les jours où il n'est pas présent. Je suis au regret de ne pouvoir vous accorder plus de temps, mais j'ai un horaire très chargé.

— Nous vous comprenons. Un grand merci pour les informations.

Ils partirent d'un pas plus léger, leur enquête progressait enfin. Quand ils entrèrent dans l'estaminet, le patron discutait avec un client. Leur conversation cessa immédiatement, comme partout, la suspicion régnait. Jocelyne s'avança, sourit et dit d'une voix aimable :

— Nous sommes navrés de vous interrompre, messieurs. Nous sommes policiers et nous venons pour un renseignement concernant une enquête. Il a été dit que monsieur Disparosso, l'un de vos clients, connaissait quelqu'un qui nous pose question. Il se peut que ce monsieur détienne une information essentielle à notre enquête.

— Vous arrivez au bon moment, le voilà qui pousse la porte.

Un petit homme rondouillard, au ventre rebondi et aux joues écarlates, preuve d'assiduité des lieux, entrait.

— Joseph, ces messieurs-dames voudraient s'entretenir avec toi.

Le regard étonné, il s'avança vers eux. Marc-Antoine fit les présentations et proposa de s'asseoir.

— Que pouvons-nous vous offrir ?

— Une blonde, merci.

— Et toi, Jocelyne ?

— Un café.

— Patron, deux blondes et un café de votre cru!

Jocelyne manqua de s'esclaffer en attendant son chef commander une bière aussi tôt, mais il devait se mettre au niveau de son interlocuteur. En attendant leurs boissons, Marc-Antoine présenta le journal contenant l'article en première page et demanda à monsieur Disparosso s'il s'en souvenait. Celui répondit spontanément :

— Oui, bien sûr. Paul Delvigne, mon seul véritable ami, se bat en ce moment au côté des alliés, un sacré bonhomme.

— C'est vrai, le pays devra lui être reconnaissant.

Marc-Antoine s'alignait sur l'homme qu'il avait en face de lui.

— Vous savez ce qui l'a décidé à rejoindre les troupes alliées ?

— Son pays et l'amour incompris, inspecteur.

— L'amour incompris ?

Le tenancier arriva avec la tournée. Joseph ingurgita sa bière d'une traite et, d'un clin d'œil, en commanda une seconde. Marc-Antoine sourit, puis insista :

— Mais quelle femme peut vous pousser à franchir ce pas ?

— Il vivait un amour à sens unique. De vous à moi, il aimait la femme de son équipier. Mais elle n'avait d'yeux que pour son homme. Cela le rongeait, j'avais beau lui dire qu'il pouvait avoir des femmes bien plus belles, mais non, il voulait la patronne. Mais que voulez-vous savoir au juste ?

— La date de son départ. Cela nous permettra de clôturer le planning sur les événements de cette course.

— Environ une semaine après le drame, après l'enterrement de Richard Belfond, il s'est rendu à l'évidence, cet amour était impossible. Bouleversé, il s'est engagé.

— Nous devons vous laisser. Nous en savons assez pour mettre fin à notre rapport. Encore merci, monsieur Disparosso, pour votre aide. Vous reprendrez bien encore une petite blonde à notre santé ?

Marc-Antoine régla l'addition, puis ils s'éloignèrent.

— Il l'a bien mérité, nous avons enfin un mobile.

XXVIII

Le général conversait avec Alice au téléphone, quand son aide de camp vint l'interrompre :

— Désolé mon Général, mais le capitaine SS von Rucho souhaite vous entretenir d'un sujet personnel. Je n'ai pu en obtenir davantage.

La mine désapprobatrice du général en disait long sur l'aversion qu'il avait pour le capitaine SS. L'obligation étant :

— Faites entrer le capitaine.

Celui-ci, raide comme un piquet, entra, claqua les talons et sortit un *Heil Hitler* de la première génération. Le geste de Wilhem, tout en étant respectueux, fut nettement moins bruyant. Il prit une voix aimable, malgré son exaspération :

— Je vous écoute, Capitaine, qu'y a-t-il de si important ?

— Mon Général, je suis très embarrassé, car il s'agit d'une personne qui vous est proche.

L'attitude de Wilhem changea du tout au tout. Il prit une position défensive, se déplaça légèrement, de façon à ce que son interlocuteur se mette face à la fenêtre, lui permettant ainsi de voir clairement le visage du capitaine. Ce qu'il constata n'envisageait rien de bon : il vit une expression prétentieuse, reflétant une cruauté à peine dissimulée.

— Avant d'approfondir la raison de votre visite, Capitaine, installez-vous dans un fauteuil et buvons un verre à la grande Allemagne. Un excellent whisky, 18 ans d'âge, vous tente-t-il ?

— Vous me faites trop d'honneur, mon Général.

Wilhem versa une rasade plus que raisonnable au capitaine et leva son verre :

— À ce précieux moment, moments qui sont bien trop rares par les temps que nous traversons.

Le capitaine se sentait déstabilisé, cette manière d'aborder l'entrevue le dépassait.

— Mon Général, je dois vous dire…

— Mais parlez, Capitaine, parlez. Je vous écoute.

L'homme but une gorgée du précieux nectar, puis une autre et se décida :

— Comme vous le savez, nos services sont là pour protéger nos plus hauts dignitaires, dont vous faites partie. À la soirée où vous vous êtes rendu avec madame Delhomme, nous avons, dans votre intérêt naturellement, testé la fiabilité de cette dame. Elle a profité d'une conversation qui traitait de l'encerclement d'un réseau de maquisards opérant dans la région d'Ocquier. La seule chose qui nous échappe, c'est la façon dont elle a pu prévenir son groupe.

Subtilement, Wilhem répondit :

— Capitaine, vous entendre me rend heureux, je ne savais comment couper court à cette liaison. Un seul souci, le Général von Gurth et moi avions prévu un week-end, disons… de détente. Nous devions chacun amener une amie et nous retrouver ensemble dans un hôtel particulier situé en bord de Meuse.

— Je suis vraiment désolé, mais…

— Écoutez, j'informe mon ami de votre accusation et… de votre obligation d'écrouer madame Delhomme.

Le capitaine commençait à transpirer, mal à l'aise.

— Peut-être pouvons-nous envisager une autre solution ?

Wilhem fit mine de réfléchir avant de répondre :

— Je vous propose ceci. Vous postposez votre intervention, nous profitons de notre séjour et, vous, au lieu de livrer madame Delhomme pour interrogatoire à vos spécialistes, vous l'amenez dans votre pied-à-terre. Parole de Général, vous viendrez me remercier. Cette dame au lit est une dévoreuse, rien ne l'arrête, une vraie libertine. Pour preuve, c'est elle qui a suggéré cette petite partouze. Je vous le dis : rien ne l'arrête !

— Vous croyez que je peux m'offrir cette liberté ?

— Capitaine, cela restera entre vous et moi ! Vous viendrez me raconter vos frasques.

Il ponctua sa phrase d'un clin d'œil et, avec un grand sourire, il leva à nouveau son verre. Quand le capitaine eut terminé son whisky, il appela son aide de camp, afin qu'il reconduise von Rucho. Dès que la porte fût fermée, Wilhem tapa son poing sur la table de rage, la colère le défigurait. La porte s'entrouvrit quelques instants plus tard sur Otto :

— Un nouvel ami, mon Général ?

— Au lieu de plaisanter, venez désinfecter la pièce et prévenez monsieur Delhomme que je dois absolument le rencontrer chez lui dans l'heure. D'ici là, je ne veux plus être dérangé.

— Bien, mon Général.

Wilhem se mit à arpenter de long en large son bureau. Par moment, des crispations marquaient son visage. Sa décision prise, il décrocha le téléphone afin de parler à son ami de toujours, attendant nerveusement que la communication soit établie.

— Friedrich, la communication est-elle sécurisée ?

— Oui, tu peux parler librement.

Wilhem raconta dans le détail son entretien avec le capitaine SS et termina en précisant qu'il avait besoin de quelques jours pour écarter cet obstacle.

La réponse de Friedrich fusa :

— Il va recevoir une invitation pour se rendre à Berlin au château de *Schloss Bellevue* où se tiendra après-demain une remise de décorations par le *Führer* en personne.

— Tu ne prends pas trop de risque ?

— Wilhem, la femme que tu m'as présentée à la soirée de bienfaisance et qui te met sur un nuage, mérite de notre part un minimum d'attention, malgré son petit écart patriotique.

— Merci infiniment Friedrich. Mais fais attention à toi, ce capitaine SS est un véritable paranoïaque.

— Rassure-toi, il va faire un détour auquel il ne s'attend pas… le front. De là, il ne reviendra pas.

Wilhem regarda sa montre. Il s'apprêtait à jouer une partie très dangereuse. Il se regarda dans le miroir ; celui-ci lui montra le visage d'un homme inquiet. Le chemin n'était pas bien long entre les deux entrées, l'une située à l'arrière de l'auberge, l'autre à l'avant. Il parcourut cette distance d'un pas énergique, le bruit de ses bottes claquant sur le sol. Tranquillement, assis sur un banc, Jérôme le regardait s'avancer.

— Je vous attendais, Général.

— Bonjour Jérôme, je viens voir monsieur Delhommme.

— Mon lieutenant vous attend.

Amory se trouvait dans le petit salon, celui où avait résonné le bruit de tant d'amour et de mots câlins. Les pas se rapprochant, il se leva et alla à la rencontre du général. Sa main hésitante, tendue dans le vide, accueillit son visiteur :

— Bienvenue, Général.

Celui-ci serra vigoureusement la main offerte puis, d'un geste assuré, enleva son ceinturon auquel trônait son arme de service. Il se tourna vers Jérôme, lequel très étonné regardait la scène sans comprendre.

— Jérôme, voulez-vous bien ranger ma veste et mes outils de défense ? Et fermez la porte. L'entretien que je vais avoir avec monsieur Delhomme doit rester strictement confidentiel.

Amory fit signe à Jérôme de se tenir aux injonctions du visiteur.

— Monsieur Delhomme, puis-je vous appeler Amory ?

— Je vous en prie, mais asseyez-vous.

Ils s'installèrent face à face, l'un franchement, l'autre toujours avec une légère hésitation. Wilhem entama directement la conversation :

— Amory, quand nous sommes seuls, vous pouvez vous conduire comme tout un chacun. Je sais que votre vue est rétablie. Lors de votre dernier passage chez votre ophtalmologue, je me suis rendu personnellement à son domicile. Après bien des hésitations et sur une grande insistance de ma part, il a confirmé cette bonne nouvelle. Je reconnais que vous excellez dans l'art de tromper votre monde.

Amory enleva ses lunettes, son regard bleu tendre se transforma en une fraction de seconde et devint bleu acier. Le ton fut immédiatement beaucoup plus sec :

— Que voulez-vous exactement ?

— Alice est démasquée vis-à-vis de la Gestapo. Ils lui ont tendu un piège, elle a foncé droit dedans.

— Pouvez-vous être plus clair ?

— Elle a surpris une conversation qui traitait de l'encerclement des maquisards de la région et, de la maison de mes parents — je devrais dire du bureau de mon père —, elle a téléphoné et a informé un partisan. Suite à cette bavure, j'ai reçu la visite d'un capitaine SS, très fier d'avoir pu assurer ma protection en démasquant votre femme.

Amory avait blêmi et demanda d'une voix tremblante :

— Que va-t-il advenir ?

— Tout va dépendre de l'accord que nous allons faire.

— Que proposez-vous ? Et pourquoi ?

— Je vais d'abord répondre au pourquoi : je l'aime, tout simplement. Je suis de ceux qui pensent que l'amour n'a pas de frontière et que cette guerre ne doit pas être une barrière.

— Ce point, je vous l'accorde volontiers.

— Merci, je sais aussi que vous-même êtes impliqué dans ce réseau et que vous êtes un membre actif d'un niveau supérieur. Ne parlons pas de votre infirmier, le dévoué Jérôme, qui vous sert de messager. J'ai deux possibilités : soit détruire votre réseau, soit, dans notre intérêt commun, nous devons trouver un accord.

Le ton d'Amory avait retrouvé sa fermeté :

— Je vous écoute.

— Voilà, notre dernière étude sur nos possibilités de remporter cette guerre montre qu'elles sont de plus en plus faibles, pour ne pas dire inexistante.

— Vous êtes très pessimiste.

— Non, réaliste. Notre contre-attaque sur Bastogne a échoué, plus rien ne va empêcher vos troupes d'envahir l'Allemagne et de forcer nos dirigeants à la capitulation.

— Malgré le délicat de ma position, vous m'annoncez une bonne nouvelle.

— À chacun ses moments de gloire. Actuellement, ma préoccupation la plus grande est de sauver Alice. Je vous donne trois jours pour la faire disparaître, et par la même occasion Bernadette, qui elle aussi a été repérée, même si vous l'avez éloignée. De plus, j'exige que, d'ici notre retraite, plus aucune action de représailles ne soit engagée, et ce dans un rayon de 40 kilomètres. Pour terminer, lors de notre décrochement, vous nous éviterez les francs-tireurs des derniers jours. Je ne veux plus de morts inutiles : quel que soit le côté, le nombre est trop grand.

Amory savait qu'il devait accepter. Il n'hésita guère :

— Le nécessaire sera fait pour Alice et Bernadette. Concernant les maquisards, les ordres seront donnés pour que cette région soit épargnée. Maintenant, concernant les engagés de la dernière minute, mon contrôle sera difficile.

— Je puis le concevoir. De ce fait, j'oublie votre groupe et votre rôle personnel… Mais, à la moindre incartade, je serai dans l'obligation d'intervenir.

— Dans une action semblable, la confiance doit être réciproque. Pour vous prouver mon équité, je vais vous indiquer l'endroit où je demanderai à baliser une piste, afin de permettre l'atterrissage d'un petit avion et ainsi pouvoir éloigner les deux femmes.

Amory se leva et alla chercher une carte. Il indiqua l'endroit ou une bande de terrain avait été aménagée, ainsi que le jour et l'heure approximative de l'atterrissage de l'avion. Il s'engagea à lui fournir les derniers renseignements dès leur réception. Il assura toutefois que, pour cette opération, il serait présent.

— J'espère que l'Angleterre sera pour elles une terre de salut.

Son expression montrait qu'il n'était pas dupe, mais il ne fit aucune réflexion et poursuivit :

— Je vous avoue, Amory, que jamais je n'aurais pensé que l'amour pour une femme me ferait prendre de telles décisions.

— Je pense que cela a dû être très difficile.

— Encore une chose, pouvez-vous informer Alice de notre entretien ? Et l'assurer, si besoin est, qu'après cette tourmente, rien ne m'empêchera de venir la rejoindre… en dehors d'une balle perdue.

— Soyez sans crainte, j'informerai Alice. Vous serez toujours le bienvenu à l'Auberge de la Renaissance.

— Merci, Amory.

Il se leva et appela lui-même Jérôme, puis il reprit son ceinturon et, l'esprit et le cœur plus légers, retourna à ses obligations. Amory, quant à lui, resta un moment perplexe, avant de se concentrer sur l'organisation à mettre en place pour rendre possible l'évacuation des deux protégées.

Le lendemain, à la nuit tombée et dans le plus grand silence, des maquisards balisaient un large sentier orné de part et autre d'ormes aux feuilles touffues. Le ronronnement du moteur d'un petit avion se fit entendre, l'opération la plus délicate débutait : l'atterrissage. Mais le pilote était chevronné : en moins de vingt minutes, il avait embarqué ses passagères et reprit son vol. L'opération était un succès. Amory la commanda en personne. Le moment était venu pour lui de se découvrir vis-à-vis de ses partisans.

XXIX

Quelques mois se sont écoulés.

Comme l'avait prédit Wilhem, la retraite des Allemands avait été extrêmement rapide, à croire que la prédiction était un don pour lui. La reddition sans condition fut signée dans une école de Reims à 2 h 41 par le Général Jodi et l'état-major allemand du front de l'est. La vie reprenait. Ce jour, Alice et Amory conviaient leurs amis pour un après-midi de retrouvailles. Jocelyne, Alexandre, Marc-Antoine, Bernadette et Jérôme avaient répondu présents. Tous avaient traversé ce conflit de manière différente. Aucun n'avait l'esprit à admirer la beauté du coucher de soleil qui miroitait sur les douces vagues du fleuve. Chacun avait une pensée pour un ami, un être cher ou un amour lointain. Ils avaient tous une raison de porter en eux une certaine mélancolie. Le carillon de la porte d'entrée teinta, Jérôme fut le premier à réagir :

— Ne bougez pas, je vais ouvrir.

Une femme d'une maigreur extrême, ne pouvant cacher qu'elle revenait d'un de ces camps de la mort, se trouvait face à lui. Elle demanda à voir Bernadette. Il la fit entrer et l'installa dans le salon :

— J'informe madame Belfond de votre présence.

— Merci.

La visiteuse regarda autour d'elle. Ici, tout lui rappelait les moments où, accompagnée de son fils, Paul Delvigne, elle venait fêter une victoire ou l'arrivée d'un nouveau sponsor. Son regard allait de gauche à droite, l'endroit avait conservé son caractère d'autrefois. Bernadette entra, fixa la femme un instant, pétrifiée. Elle s'exclama :

— Mon Dieu !

Elle s'approcha et la prit dans ses bras.

— Ne me plaignez pas, Bernadette, je suis revenue.

— Venez, comme avant, vous asseoir près de nous. Dans peu de temps, nous passerons à table et votre présence complétera le petit groupe d'amis auquel nous tenons.

— Ce serait avec plaisir, mais je suis attendue. Paul tenait à ce que je vous remette cette lettre en main propre.

Ne pouvant retenir ses larmes, elle annonça qu'il avait été tué lors des derniers assauts de Berlin. Bernadette la serra plus étroitement contre elle. La mère de Paul se laissa aller quelques minutes avant de s'écarter :

— Bien que ce courrier soit confidentiel, s'il y avait un passage me concernant, pourriez-vous m'avertir ?

— Naturellement. Je sais que, dans des moments comme celui-ci, aucun mot ne peut diminuer le chagrin, mais vous devez savoir que, pour nous, il était un ami indispensable aux qualités multiples, qui par-dessus tout mettait un point d'honneur à mettre vos qualités de mère en évidence.

— Merci pour ces gentilles paroles, je vous promets de revenir, mais avant tout je dois me reconstruire.

— Je comprends, mais si vous avez besoin de l'un de nous, nous sommes là.

Bernadette l'accompagna jusqu'à la porte et ne put s'empêcher de regarder la mère de Paul descendre le sentier qui rejoignait la route. Tel un fantôme, sa frêle silhouette semblait portée par le vent. Lettre à la main, les yeux embués, Bernadette rejoignit ses amis. La lire maintenant ou ce soir ? Elle opta pour la seconde solution. Jocelyne s'approcha d'elle :

— Rien de grave, j'espère ?

— La mère de Paul, notre second pilote, vient de m'apprendre qu'il a été tué lors d'une des dernières escarmouches dans la ville de Berlin. Ce courrier confirme l'absence définitive d'un ami. Il ne devait me revenir qu'à titre posthume. Pourquoi ?

— Il n'était pas pour moi une connaissance proche, mais je suis peinée de cette nouvelle.

Son instinct d'enquêtrice reprenant le dessus, elle poursuivit :

— Sans être indiscrète, s'il y avait une phrase, ou même un simple mot, qui aurait trait à l'accident de ton mari, peux-tu nous en faire part ?

— Tu seras une des premières averties. Maintenant, écartons pour cette soirée les spectres du passé et profitons d'être là.

Le ton était donné. La table, malgré les restrictions, était agréablement garnie. Les dernières bouteilles habillement cachées à l'agresseur se vidaient allègrement. Alexandre, qui n'était jamais le dernier pour mettre de l'ambiance, entama des chansons paillardes du meilleur cru. Mais tout à une fin, même cette soirée qui exhalait un vent de délivrance. Embrassades, étreintes, derniers rires. Alice proposa à Bernadette de profiter de la chambre d'amis, celle-ci accepta cette proposition avec bonheur. Alice et elle n'étaient-elles pas liées à vie, amie de guerre ? Se retrouver seule avec cette lettre en main n'enchantait guère Bernadette. Ce courrier lui brûlait les doigts. À peine assise dans l'unique fauteuil de la chambre, les mains tremblantes, elle décacheta la lettre. Discrètement, Alice sortit de la chambre. Ce moment n'était plus le sien.

Très chère Bernadette,

Devant moi, une page blanche, et bien longtemps elle le resta, mais, il fallait que je t'avoue l'acte insensé qui fut le mien. Ce fait pour moi représentait un acte d'amour. Oui, je dis bien un acte d'amour. Rappelle-toi, tu passais à côté de moi, tu me frôlais, mais jamais le plus petit regard d'intérêt. Je ne savais comment attirer vers moi ces yeux qui n'étaient à mon égard qu'indifférence. Il fallait que je réagisse. La veille du grand prix, je me suis décidé, je suis retourné dans notre stand. Oh, que je me le reproche ! J'ai desserré légèrement un élément de la direction, juste pour donner, après quelques tours, un peu de tremblement au volant. Cela devait obliger Richard à ralentir et rentrer au stand pour réparation. Cet arrêt devait me permettre de défendre les couleurs de notre écurie et montrer ma valeur de pilote à tes yeux. Cette erreur d'appréciation me poursuivra le reste de ma vie et même au-delà, mais, jamais au grand jamais, elle ne devait provoquer le drame que nous avons partagé. J'insiste, deux jours plus tard, j'ai fait un test sur une autre voiture et, comme je l'avais supposé, mon volant s'est mis à trembler tout en restant contrôlable. Sincèrement, je ne comprends pas. Si tu lis cette lettre, c'est que j'ai rejoint le royaume des pilotes, s'il m'accepte. Mon ami Joseph m'accompagnait et me servait de vigile, il pourra confirmer mes dires. Adieu et pardon, pardon.

Paul

Perplexe et consternée, Bernadette ne se souvint d'aucune attitude équivoque. Comment Paul en était-il arrivé là ? Elle relut plusieurs fois la lettre et pensa aussi que le drame ne pouvait venir de cette seule manipulation. Cette lecture la renvoya cinq ans en arrière, les images repassaient en boucle dans sa tête. Elle revit Paul, son visage blême et effaré. Jocelyne, qui prit la direction des opérations de sauvetage et qui l'empêcha dans un geste de protection de rejoindre la voiture. Elle comprit que cette lettre ne devait pas rester sienne.

Trois petits coups sur la porte :

— Tout va bien ?

— Oui, entre.

Bernadette et Alice parlèrent longuement et convinrent que cette version des faits ne pouvait être connue du grand public. Que ce soit Marc-Antoine ou Jocelyne, jamais ils ne devraient divulguer cette information. De retour d'un de ces camps monstrueux, la mère de Paul ne supporterait pas ce nouveau choc.

XXX

Quelques jours plus tard, par un après-midi froid et brumeux, Jocelyne et Alexandre, en silence, marchaient lentement. Le sentier qu'ils empruntaient était abrupt et sinueux. Alexandre admirait le pas lent et cadencé de sa compagne. Un moment, sa pensée s'égara et il se demanda ce qu'il serait devenu si la guerre lui avait enlevé Jocelyne, ressentant le manque dès qu'elle s'éloignait.

— Alexandre, pourquoi ce regard ?

— Tais-toi, je t'aime.

Elle sourit, lui pressa la main et continua sa montée. Doucement, la brume s'estompait. Elle laissait apparaître çà et là de timides rayons du soleil. Au-dessus de leur tête se dressait, encastrée dans la falaise, l'auberge de bien des souvenirs. Plus ils avançaient, plus le sentier s'élargissait. C'est main dans la main qu'ils atteignirent le sommet. Le vieux banc aux mille baisers trônait toujours dans cette niche, à l'abri des bourrasques. Alexandre proposa un moment de repos. Elle s'assit, se blottissant contre lui, et soupira :

— Nous avons eu beaucoup de chance de traverser ensemble cette période démentielle.

— Chut, tournons la page et écoutons le piaillement des oiseaux. Faisons fi des détonations, des vrombissements, des arrêts de moteur et des déflagrations. La mort a cessé de s'abattre, Jocelyne. N'oublions pas, mais redevenons nous-mêmes.

— Tu as raison, mais il est difficile de ne plus y penser…

— Maintenant, allons saluer nos amis.

Elle se leva. Elle appréciait Alice et Amory, ainsi que Jérôme qui s'était bien intégré. De loin, Amory leur fit signe, l'accueil fut chaleureux.

— Entrez, l'ascension n'a pas été trop difficile ?

— J'accuse ici mon manque d'exercice, par contre Jocelyne…

— Ton entraînement et le sien sont différents. Pour elle, c'est du quotidien ! Mais, au fait Jocelyne, tu peux rejoindre Alice et Bernadette si tu le souhaites. Elles bavardent et t'attendent dans la chambre d'amis. Nous, nous vous attendrons dans le petit salon.

— Je les rejoins.

— Viens Alexandre, une bonne bouteille ne demande qu'à être ouverte.

Quand Jocelyne s'approcha de la chambre, effectivement, cela jacassait ferme. Doucement, elle ouvrit la porte :

— Bonjour, c'est moi !

— Entre, nous avons besoin de ton avis.

— Bigre ! Vous avez un air sérieux, les filles.

Jocelyne trouva Bernadette particulièrement tendue, elle savait par expérience qu'elle se trouvait dans une situation où il ne fallait rien brusquer. Alice, au contraire, fonça :

— Tu sais que Bernadette a reçu une lettre à titre posthume, n'est-ce pas ?

Jocelyne opina de la tête, attendant. Bernadette se décida :

— Est-il possible que, après lecture et en avoir tiré profit, tu oublies le nom de l'expéditeur, ainsi que l'acte bénin qu'il a commis ?

L'inspectrice prit quelques secondes avant de répondre :

— Déjà, s'il n'y a pas plainte, il n'y aura pas de suite. Ensuite, je peux vous certifier que je ferai le maximum pour éviter les remous que cette lettre pourrait générer.

Les deux amies se regardèrent. Sur un signe de tête, la lettre passa dans les mains de Jocelyne. Au fur et à mesure de sa lecture, l'expression de son visage devenait de plus en plus attentive.

— Je pense que Marc-Antoine sera sensible à votre demande. Ni les médias, ni une quelconque personne pouvant avoir un contact avec sa mère ne seront informés. D'ailleurs, même mon compagnon n'aura pas droit à l'information. Confidences de filles.

Bernadette murmura :

— Tu penses que cela va vous aider ?

— Maintenant, cela devient un secret d'enquête. Mais, oui, cela va nous permettre d'étayer plus avant notre thèse.

D'un même pas, les trois femmes rejoignaient Amory et Alexandre. Entrant dans le salon, Alice s'exclama :

— Je constate qu'il était temps de vous rejoindre !

Alexandre s'empressa de leur verser à boire et d'un ton badin :

— Mesdames, à votre santé !

Une heure plus tard, les amis se quittaient. La descente fut plus aisée, Bernadette ramenant son petit monde dans sa voiture.

XXXI

La précieuse missive en main, Jocelyne attendait l'arrivée de Marc-Antoine, son chef et ami. Malgré cette profession qui aurait dû l'endurcir, il restait avant tout un homme au cœur tendre. Pour l'anecdote, devant certains faits poignants, il lui arrivait encore d'avoir la larme à l'œil. Oui, tendre était son chef ! Quand il entra, elle l'accueillit avec un petit geste de victoire. Elle montra l'enveloppe :

— Je crois que nous allons faire un grand pas en avant.

— Je sens que mon agenda va être contrarié ! Montre-moi.

Elle lui tendit la lettre, mais avant qu'il ne commence sa lecture, elle précisa :

— Marc-Antoine, je me suis engagée à ne rien divulguer du contenu de cette lettre.

— Nous nous connaissons suffisamment, mais, puisqu'il faut le répéter, tu as ma confiance, tes engagements sont les miens. Maintenant, puis-je lire ?

Il s'assit sur le coin de son bureau et se plongea dans la lettre. Arrivant à la fin, il s'écria :

— Nom de Dieu ! Je crois que nous allons de nouveau rendre visite à notre ami Joseph. Dans cette affaire, sans ta pugnacité et ta perspicacité, nous n'aurions jamais pu progresser.

— Tu penses comme moi que sa présence en tant que guetteur permet de le placer comme un présumé coupable ?

— Oui, mais avant de cautionner cette hypothèse, nous allons nous rendre chez lui et voir sa réaction.

— Maintenant ?

— Oui, c'est l'heure de son « apéro », nous retournons au café.

— Si les collègues t'entendaient !

— Pour une fois que le métier à du bon !

Ils rirent de bon cœur.

Les deux inspecteurs entrèrent dans le petit bistrot. Deux personnes étaient au comptoir et, comme prévu, Joseph et son éternel verre de bière blonde étaient dans le fond. Marc-Antoine commanda deux bières et un café. En les voyant approcher, Joseph se souleva péniblement de son siège, le ventre rebondissant au-dessus de la ceinture :

— Bonjour m'dame, bonjour inspecteur, vous avez oublié de me demander quelque chose ?

Marc-Antoine s'assit le premier, suivi de Jocelyne. Il prit la parole :

— Plusieurs choses, mais avant, nous allons déguster notre bière. À votre santé, Joseph !

Ils lèvent leur verre, laissant Jocelyne apprécier son breuvage d'époque.

— Si vous le voulez bien, passons aux choses sérieuses. Madame Delvigne, la mère de votre ami Paul est venue nous annoncer la mort de celui-ci, je suppose que vous êtes au courant ?

— Oui, elle est aussi venue me l'annoncer. Avec Paul, j'ai perdu mon meilleur compagnon, lui, c'était mon pote ! Vous savez, monsieur l'inspecteur, le village s'est cotisé pour lui offrir un monument, rien que pour lui, un héros, monsieur, oui, un héros !

Le petit homme pleurait. Jocelyne respecta ce moment d'émotion, puis :

— Je sais le moment mal choisi, mais je dois vous informer que la mère de Paul nous a remis une lettre, dans laquelle il précisait que, lors du sabotage de la voiture de Richard Belfond, vous étiez présent en tant que vigile.

Joseph, sans hésitation :

— Oui, dès le départ de Paul, je suis retourné au stand et j'ai achevé le travail. Quelques coups de scie au bon endroit me donnaient la certitude que cette voiture ne tiendrait pas. Mais je n'avais nullement l'intention de provoquer un tel drame. D'ailleurs, dès ce moment, j'ai commencé à boire. Je n'arrive pas à oublier.

Marc-Antoine répondit d'un ton compatissant, mais ferme :

— Nous vous croyons, mais nous sommes dans l'obligation de vous demander de nous suivre. Nous avons besoin de votre déposition signée et cela doit se faire dans nos bureaux.

Jocelyne vit l'état dans lequel se trouvait le pauvre homme qui, par amitié, s'était rendu coupable d'un délit dont il ne soupçonnait pas l'ampleur. Elle le rassura au mieux :

— En vous écoutant, nous commençons à cerner votre façon de percevoir les choses. Aussi, mon collègue et moi irons voir le juge qui traitera votre affaire et nous demanderons à ce que vous restiez en liberté jusqu'au procès.

— Merci, mais, ici, ils vont se poser des questions !

— Écoutez, vous nous accompagnez pour votre déposition. Promis, demain, vous serez assis à la même place, un verre à la main.

— Et je vais leur dire quoi ?

— Simplement que nous avions besoin de votre déposition signée. Croyez-moi, vu la période que nous traversons, votre dossier ne passera peut-être jamais. Allez, venez.

Jocelyne se leva et avec un grand sourire s'adressa au patron :

— L'addition, plus une bière ! Celle que Joseph viendra boire demain, comme à son habitude.

Joseph, d'un ton un peu méfiant :

— Vous êtes certains que vous êtes de la police ?

Marc-Antoine et Jocelyne se regardèrent et sourirent.

XXXII

Wilhem parcourait son domaine. Les traces de la guerre restaient visibles. Rien n'avait été épargné. Il ressentait comme un vent de désolation le parcourir. Le souffle d'une bombe avait eu raison de la toiture de la grange, la façade de l'habitation était criblée d'impacts de balles. L'entièreté des vitres était restaurée par des moyens de fortune : cartons, planches et vieux journaux. Mais, le plus important, ses parents s'étaient réfugiés chez des amis, échappant aux derniers barouds d'honneur. Que de travail, que de peine… mais aussi que de joie, de savoir que la folie des hommes venait de prendre fin. Il le savait, rien ne serait plus comme avant. Lui, l'Allemand, allait-il pouvoir se présenter devant Alice ? Alice, dont le visage le hantait jour et nuit. Ce dilemme le rendait fou. Ses parents, rentrés la veille, n'étaient plus que deux ombres, ils s'exclamaient à chacune des pièces visitées. Il peinait à les regarder. La maisonnette occupée par la famille attachée à leur service n'était plus que décombres. Devant un tel désastre, il se devait de réagir :

— Papa, je propose de loger Gerlinde et Siegmund dans une partie de l'aile droite. Je pense qu'ils méritent d'être installés le plus confortablement possible.

— Je suis de ton avis, ta mère sera heureuse de cette décision. Elle a beaucoup d'affection pour Gerlinde.

— Parfait, dès demain nous commencerons à rendre habitable l'intérieur de votre gentilhommière.

Pendant quinze jours, ils n'arrêtèrent pas, les dos souffraient, mais personne ne se plaignait.

— Wilhem ?

— Oui, maman ?

— Je vous trouve tous très fatigués, vous avez bien progressé et vous allez tous les trois prendre un peu de repos. Ceci n'est pas un souhait, mais un ordre ! Regarde papa, lui, à l'allure altière, comme il commence à plier le dos. Quant à Siegmund, la fatigue se lit sur son visage. Alors toi, oui, toi, tu vas me faire le plaisir de retourner dans ce petit village de Belgique où une certaine Alice doit t'attendre ! Elle me plait, cette femme, et je suis certaine qu'elle fera ton bonheur.

Il embrassa tendrement sa mère, la serrant délicatement contre lui, puis, gentiment, la conduisit sur le perron. Son père, le regard scrutateur, les attendait. Une seule question sortit de sa bouche :

— Alors, as-tu convaincu notre fils ?

— Oui, ce soir, il préparera sa valise et il ne pourra revenir qu'accompagné !

Le lendemain, à la première heure, il quittait le domaine familial. Il savait la route longue. Les kilomètres défilaient, les pensées aussi. La crainte d'être rejeté, oublié, remplacé ? Que de questions ! N'était-il pas l'envahisseur, celui qui avait dominé, sévi et rendu certaines justices ? Lui savait combien de tueries il avait évitées, mais cela allait-il être perçu ? Il appréhendait le premier regard d'Alice, dont les yeux clairs étincelaient quand elle le voyait, possédant un bref instant l'éclat du diamant. Cette passion serait-elle toujours présente ? Dix-neuf heures sonnaient quand il arrêta sa voiture sur la place du village. Rien n'avait changé : à droite, le bureau de poste et, plus loin, la taverne, leur premier rendez-vous… Les images revenaient comme si le temps s'était arrêté. Mais… oui, ce sont Jocelyne et Alexandre, main dans la main ! Ah, ces deux-là sont amoureux comme au premier jour. Et l'homme qui les accompagne ? Oui, je me rappelle : Marc-Antoine, la bête noire des délateurs. Il leur fit signe de la main, une réaction spontanée.

— Alexandre, vois-tu la même chose que moi ?

— Wilhem, l'homme attendu et… en civil !

Jocelyne le gronda :

— Alexandre !

— Tu dois reconnaître, Jocelyne, que cette tenue lui sied à merveille ! Et, enfin, je peux lui donner l'accolade de bienvenue.

Ce qu'il fit sans retenue. Tandis que Marc-Antoine saluait Wilhem, Jocelyne s'adressa, souriante, à ce dernier :

— Tu l'excuseras, mais, comme tu le vois, l'âge n'arrange rien.

— Un conseil, garde le comme il est, et je suis très heureux de son amitié.

Alexandre les interrompit, d'une voix malicieuse :

— Je suppose que ce n'est pas pour nous que tu es revenu ! Est-ce que je me trompe ?

— Pourquoi mentir ? Alice occupe toutes mes pensées ! Mais quelle va être son attitude à mon égard ?

— C'est à elle de répondre, mais si tu tiens la forme, le petit chemin de la falaise est le plus court. À l'heure des vêpres, elle se tient souvent sur le petit banc dans le creux des rochers.

Wilhem ne se fit pas prier. Quelques instants après, d'un pas alerte, il entama la montée. Le sommet n'était plus très loin. Quand il aperçut Alice, les battements de son cœur s'accélérèrent, ce n'était pas l'effort, mais bien sa présence. Un peu plus bas, le couple souriait. Ils allaient enfin retrouver l'amie des bons moments. Alice, dans ses pensées, n'entendit pas Wilhem arriver, elle se trouvait dans un petit coin d'Allemagne où elle avait connu le bonheur. Il s'approcha doucement :

— Alice…

Cette voix ! Elle tourna la tête, le vit, cria et tomba dans ses bras. L'instant n'était que délivrance, deux cœurs battaient à l'unisson. Elle voulut parler, d'un baiser, il l'en empêcha.

— Aujourd'hui, et même demain, oublions nos actes passés. Un jour, peut-être, devant un berceau, nous nous raconterons.

— Alors, viens, allons surprendre Amory, Bernadette et Jérôme !

— Jérôme, toujours fidèle au poste ?

— Plus que jamais, Amory et lui, c'est toute une histoire. Mais ne perdons pas de temps.

La surprise fut totale, d'un bond, Amory se leva et entoura de ses bras un Wilhem ébahi d'être ainsi accueilli. Bernadette lança à Alice un petit regard complice et embrassa Wilhem à son tour. Jérôme voulut s'écarter, mais Wilhem le retint et lui donna l'accolade.

— Je me suis laissé dire qu'à présent tu fais partie de la famille !

Amory répondit à la place de Jérôme :

— Tu as tout deviné.

Sur ces entrefaites, Jocelyne, Alexandre et Marc-Antoine vinrent compléter le clan. Prenant son ton le plus sérieux, Amory haussa le ton pour être entendu de tous :

— Mes amis, suite à la demande de notre bien-aimée Alice, nous avons décidé d'un commun accord de relancer les activités de l'auberge, et ce à partir de la semaine prochaine. Comme vous la savez pointilleuse sur le détail, un artisan de la région est venu et a transformé l'ancienne enseigne en un chef-d'œuvre des temps modernes. Aussi, je vous demande de venir voir cette merveille.

D'un même élan, pour sortir, ils se prirent tous par la main, et ne purent qu'admirer et applaudir cette enseigne qui brillait de tous ses feux : *L'Auberge de la Renaissance*. Amory, plus ému que tout un chacun, ne put s'empêcher de rappeler l'origine de l'enseigne, les yeux embués :

— Cette enseigne date de la fin de la guerre de 14-18. Ma mère m'a raconté que mes grands- parents, en la regardant, ne pouvaient s'empêcher de chanter *il est revenu le temps des cerises.* Alexandre entama la chanson, les autres suivirent, leurs voix étaient reprises par l'écho dans la vallée. Alexandre, toujours lui, s'écarta du groupe et lança :

— Quand je vous regarde, je me croirais dans un vaudeville de Léonard Frambach, au moment où les acteurs s'inclinent et saluent le public, avant de se retirer sous les applaudissements ; Wilhem, regardant toujours l'enseigne, prit la parole :

— Il a fallu à peine 22 ans pour la déshonorer, cette fois-ci, souhaitons qu'elle soit respectée le plus longtemps possible et que cette renaissance soit une leçon d'amour pour les prochaines générations.

Applaudissements et, ensuite vinrent les collations, Jérôme ayant tout organisé en un temps record. La soirée fut longue et épique. Les turbulences étaient derrière et le renouveau bien en route.

ÉPILOGUE

Plusieurs mois se sont écoulés.

Sur la place du village, tout en marbre blanc, se dressait le monument dédié à la mémoire de Paul Delvigne, héros de la dernière guerre. Sa mère, vêtue de noir, écoutait sans les entendre le fleuve de paroles que prononçait le bourgmestre de l'entité. Joseph, l'immuable compagnon de son fils, se tenait à ses côtés. Il soutenait de son mieux le corps si frêle de celle-ci. Dès la fin du discours, le représentant de son unité s'avança vers elle, pour lui présenter sur un coussin aux couleurs de la nation les dernières médailles honorifiques de son fils. La tension devenait trop forte, elle faillit s'évanouir. Joseph, en bon samaritain, l'empêcha de tomber. En signe de remerciements, elle cligna des yeux. Les amis, les paroissiens et les représentants des coopérations de toute nature se rassemblaient auprès d'elle. Tous voulaient, dans un élan de sympathie, l'approcher pour lui délivrer des paroles de réconfort. Puis, lentement, la foule s'éparpilla. Un peu à l'écart, Jocelyne et Marc-Antoine assistaient à ces émouvantes scènes. En s'éloignant du monument, où la photo de son fils en costume d'apparat figurait, elle murmura :

— Cette fois, fils, je sais que tu ne me reviendras plus.

Des larmes, encore des larmes ; cette fois, ils étaient deux à pleurer. Joseph, lui non plus, ne parvenait à les refouler. Marc-Antoine regarda Jocelyne :

— Notre compréhension à l'égard de Joseph a été une bonne chose. Son fond est bon, il manque juste d'une certaine maturité. Regarde les, le dos courbé et s'appuyant l'un sur l'autre. Mais qui est le plus âgé ?

— Tu as raison, à les voir ainsi dans la peine, la différence de plus de vingt ans ne se remarque pas. Joseph a vieilli en très peu de temps.

— Jocelyne, Alexandre étant en reportage, je propose d'aller prendre un verre chez nos amis.

— Alexandre sera heureux d'apprendre que tu me chaperonnes !

Elle éclata de rire. Chemin faisant, et bien malgré elle, elle pensa à son compagnon qui, en ce moment, se trouvait du côté du Verdon où de terribles inondations venaient d'avoir lieu. Elle craignait que sa spontanéité ne l'entraîne dans des risques un peu fous. Mais cela allait changer, il venait d'être nommé au poste de rédacteur en chef et elle allait pouvoir enfin dire oui à ses tentatives de demande en mariage. Elle souriait, rien que de penser à la manière dont il allait s'y prendre.

La bande d'amis les attendait. Ils se remémorèrent cette triste journée. Verre après verre, l'ambiance les ramena gentiment non à l'oubli, mais à la continuité de la vie. Ensemble, ils tournèrent la page de cet épisode. L'un d'eux rapporta qu'ils avaient reçu un courrier de la « cousine » de Dunkerque et entreprit de lire son contenu :

Très chers amis,

Tout d'abord, j'espère que cette lettre vous trouvera tous en excellente santé.

Vous savez peut-être que j'ai épousé un major de l'armée anglaise, Redmund O'clery. Dans la tradition de sa famille, pour paraître viril et maître chez soi, il faut porter une moustache impressionnante. Il l'avait. Mais ce qu'il faut savoir, non content de cet attribut, Monsieur laissait également pousser sa barbe et ses cheveux. Un soir où gentiment je me démaquillais, il a passé la tête dans l'entrebâillement de la porte, j'ai franchement eu peur. Je me suis dirigée vers lui et je lui ai dit : « écoute, quand je t'ai rencontré, tu étais un officier à l'allure élégante, je t'ai de suite aimé ; maintenant, mon amour est intact, mais sincèrement si tu continues dans cette direction, je ne réponds de rien ». A-t-il compris ? Toujours est-il que, l'après-midi, il est rentré cheveux coupés, sans barbe, ni moustache. Je crois qu'il tient à moi. Il fallait que je vous raconte ! Et à notre prochaine visite, inutile d'insister sur sa nouvelle coupe de cheveux !

À bientôt, je demande à Redmund de planifier notre visite.

Hortense

Sans exception aucune, ils riaient et espéraient le retour de cette « cousine » à l'humour ravageur. Une fois les rires calmés, Amory prit la parole :

— Je vous donne des nouvelles de la petite qui, dans un geste de défense, a tué ce tortionnaire de capitaine SS. Elle habite le village et nous fera le plaisir de venir avec son mari, un ancien maquisard, pour dîner. Pour la petite histoire, son enfant est né dans les bois, quelques jours avant la capitulation de l'Allemagne et c'est notre bon curé qui servit de sage-femme.

Des applaudissements accueillirent ce récit. Bernadette, pour ne pas rester en reste, informa ce petit comité qu'Alice profitait en ce moment du beau domaine des parents de Wilhem, qu'elle attendait un bébé et serait parmi eux la semaine prochaine. Elle insista sur le fait que sa nationalité n'avait, à aucun moment, créé un quelconque mouvement de méfiance. Au contraire, son petit ventre rond était le sujet de toutes les attentions.

L'année suivante, ils apprirent le décès de Joseph, mort d'une cirrhose. Cette nouvelle, bien que triste, évitait à Bernadette de revivre au cours du procès un événement marquant de sa vie. Arriva enfin le jour merveilleux où Alice vint présenter son bébé. Le bonheur se lisait sur tous les visages. Le moment était à l'émotion. Elle s'écarta un moment et s'arrêta à l'endroit de sa première rencontre avec Wilhem. À l'oreille de l'enfant, elle chuchota ceci :

— C'est ici que j'ai connu ton papa. Tu vois cette enseigne ? L'avenir est derrière ces mots, l'arrière-grand-père d'Amory, mon premier mari, croyait que jamais après 14-18 il n'y aurait d'autres guerres. Il a fallu une crise et un fou pour que nous revenions à notre point de départ. Ces mots reprennent toute leur importance, l'intitulé reste et, je l'espère, pour la dernière fois.

Puis se tournant, elle appela Wilhem, qui s'approcha vivement :

— Wilhem, cela nous concerne particulièrement. Deux cultures différentes, deux anciens antagonistes et… un bébé ensemble. Crois-tu que le monde va comprendre ?

— Il faudra certes du temps, mais toute personne qui passera la porte de l'établissement comprendra. Tu t'imagines, ici en ce moment, trois Belges, une Française, un Anglais et moi, l'Allemand ! Je crois qu'ici naît une idée nouvelle, tu verras, le futur nous donnera raison. L'arrière-grand-père d'Amory devait être visionnaire quand il a baptisé ce foyer, que tu portes dans ton cœur, *L'Auberge de la Renaissance.*

Fin

L'AUBERGE DE LA RENAISSANCE

Entre horreurs de guerre et leçons d'amitié, l'histoire de « L'auberge de la renaissance » démarre sur des chapeaux de roue. Richard Belfond, le pilote belge, trouve la mort lors du célèbre grand prix de Francorchamps en Belgique. Les Allemands, principaux concurrents, sont très vite soupçonnés en ce début de conflit mondial. Mais faut-il vraiment se fier à l'évidence ? Jocelyne, inspectrice à la criminelle, fait de son mieux pour résoudre l'enquête, épaulée de son supérieur et de son compagnon journaliste. Mais la guerre ne leur facilitera pas la tâche ... Et que se passe t'il exactement chez leurs amis, à L'auberge de la renaissance, qui a été réquisitionnée par un Général allemand ? Le propriétaire des lieux, le lieutenant Amory Delhomme, revient suite à de graves blessures de guerre, accompagné d'un infirmier particulièrement dévoué. Quand à sa femme, Alice, elle est rapidement au cœur des rumeurs : pourquoi les villageois méprisent-il tant celles qu'il nomment « La putain du général » ?

Les liens se font et se défont au fil de l'Histoire avec un grand H : parfois effrayants, souvent émouvants, toujours surprenants. Sans compter sur l'amour qui ne se commande pas...

Francis Frambach

Francis Frambach est né à Seraing, fils d'une grande famille, il hérite de son père, auteur wallon, la vocation d'écrire. Avec le roman Au-delà du serment, l'auteur fait ses débuts dans la littérature et excelle dans la littérature policière.

Remerciements

Voici le moment de remercier ceux qui ont contribué à la création de ce livre.

À mon épouse qui, par sa présence et ses conseils judicieux, m'évite les bas de la création.

À Madame Sandra Di Silvio mon éditrice chez Chat Ailé a été une amie et conseillère précieuse. C'est une grande chance pour moi de faire équipe avec elle.

À Alexia Prudhomme, relectrice-correctrice pour l'efficacité de son travail ainsi que pour l'amitié qu'elle me témoigne.

À mon petit fils Nicolas, pour sa disponibilité et son ingéniosité sur internet.

Et enfin, merci à mes lecteurs passés, présents et futurs d'avoir choisi ce livre.

Francis Frambach

«QUAND L'ÉCRIVAIN
PRÊTE SA PLUME À L'ÂME,
LE LISEUR VIT UN RÊVE
ÉVEILLÉ.
LE LIVRE EST PARTAGE
ET SYMBIOSE ENTRE CES
DEUX RÊVEURS.»

CHAT AILÉ

ROUTE D'EGHEZÉE 256
5190 ONOZ
WWW.CHATAILE.COM

DISTRIBUTION EN LIBRAIRIE

MAISON DE LA POÉSIE D'AMAY
BP 12, B–4540 AMAY / + 32 (0) 85 31 52 32
DISTRIBUTION@MAISONDELAPOESIE.COM

CHEZ LE MÊME ÉDITEUR EN COLLECTION ROMAN

Le Chat Ailé publie 3 collections : Roman, (Classique, Polar, Aventure,...) ; Roman jeunesse et autres (photos,...)

1. INCROYABLE AVENTURE **Ghislaine Jermé**
2. L'ENFER DE FAUST **Vincent Faucheux**
3. LES ESCALES DE ROSE **Patricia Duterne**
4. L'AUTRE **Sandra Di Silvio**
5. AGENT 007... PUCE EN PÉRIL ! **Maribé**
6. MAIS VOYONS MONSIEUR, JE NE SUIS PAS CELLE QUE VOUS CROYEZ ! **Virginie Delaby**

ISBN : 978-2-930834-06-1
DEPÔT LÉGAL : D/2016/13.607/7

Chat Ailé

ILLUSTRATION DE COUVERTURE
Elise Colson

OUVRAGE CORRIGÉ par Virginie Doppagne

CONCEPTION GRAPHIQUE
Antoine Van Impe

Imprimé en Belgique dans la dignité
sur les presses de la Maison de la Poésie d'Amay